我就喜欢你现在的样子

孙道荣　著

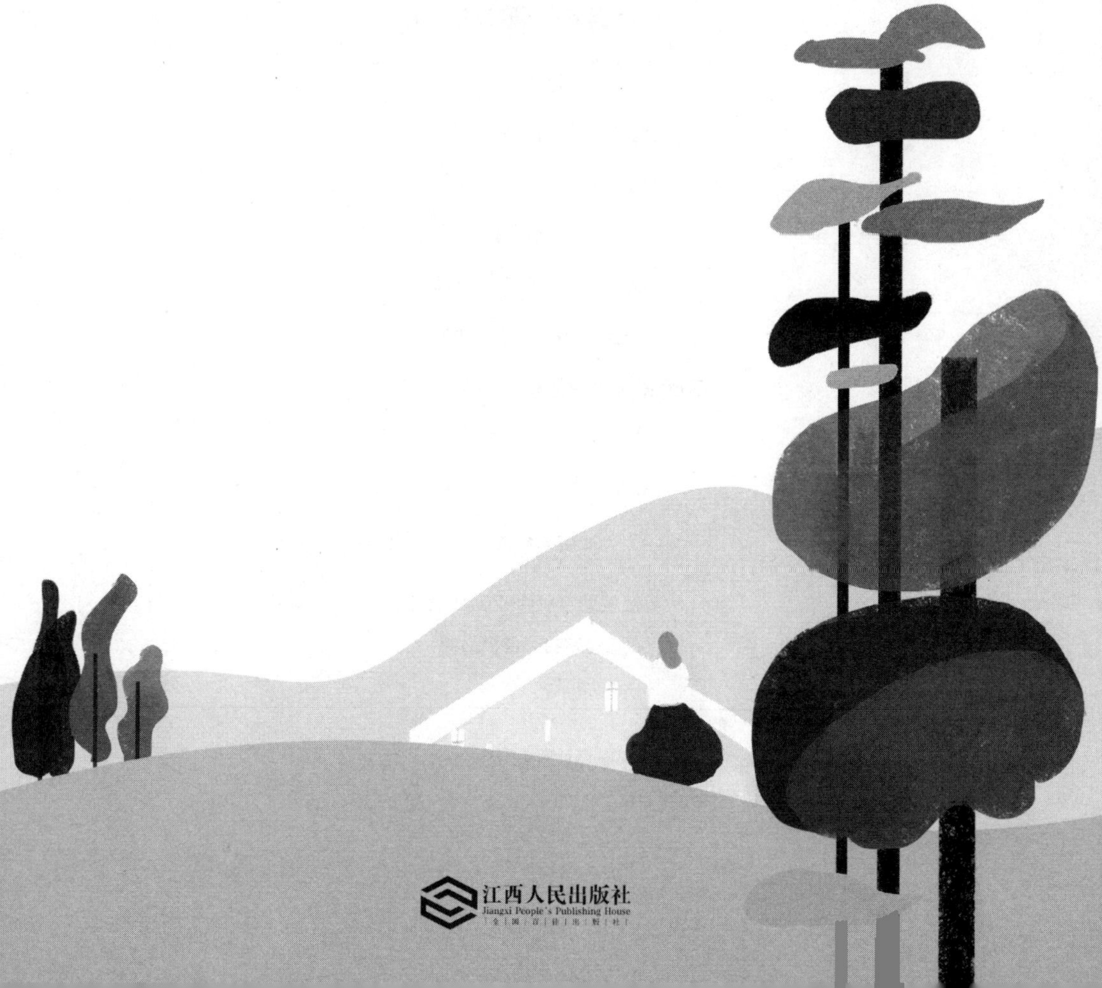

江西人民出版社
Jiangxi People's Publishing House

图书在版编目（CIP）数据

我就喜欢你现在的样子 / 孙道荣著. -- 南昌：江西人民出版社，2019.9
ISBN 978-7-210-11399-7

Ⅰ．①我… Ⅱ．①孙… Ⅲ．①散文集－中国－当代 Ⅳ．①I267

中国版本图书馆CIP数据核字(2019)第121882号

我就喜欢你现在的样子

孙道荣 / 著

责任编辑 / 冯雪松　韦祖建
出版发行 / 江西人民出版社
印刷 / 三河市金泰源印务有限公司
版次 / 2019年9月第1版
2019年9月第1次印刷
690毫米×980毫米　1/16　15.5印张
字数 / 214千字
ISBN 978-7-210-11399-7
定价 / 36.80元

赣版权登字-01-2019-242
版权所有　侵权必究

如有质量问题，请寄回印厂调换。联系电话：13833676809

目录

第 1 辑
我就喜欢你现在的样子

我很平庸,但我对你的爱很美 /003
一点点收集起来的阳光 /005
树叶的美 /007
一杯水养活的植物 /009
唤醒食物 /011
我们的心就像一个停车场 /013
到山顶还有多远? /016
邻居的纸条 /019
放风筝的父与子 /022
父亲的菜谱 /025
看到雪就又是一年啦 /027
我就喜欢你现在的样子 /031
妻子的男人情怀 /034
妈妈的密码 /037
我在心里说过了 /040
错过季节的西瓜秧 /043
我在城市遇见了稻草 /046
从窗户看到的巴黎 /049
眼里没有风景的人 /052
你在半路上的感受是不一样的 /054
听不见的声音 /056
两棵树 /058
城里的土 /060

只想让你不要喊妈妈 / 065

副驾驶位上坐着一个天使 / 068

被孩子影响的生活轨迹 / 071

一位父亲的"诅咒" / 074

你说实话，我不生气 / 077

妈妈都有自己的煎蛋方式 / 080

孩子越孝，老人越"弱" / 082

孝的 n 种方式 / 085

母亲的年历档案 / 088

在爱的时候，拥有爱 / 091

不完美 / 093

回放 / 096

人心是有眼儿的 / 099

做家务的时候 / 101

妻子的家人群 / 104

宝贝，今天你做主 / 106

不是每一个"对不起"，
都能得到一个"没关系" / 110

后怕是什么怕？ / 113

幼儿园里皆朋友 / 115

回家陪我的兄弟 / 117

把"客厅"从家请出去 / 120

想不开的时候，去这些地方走走 / 123

第 2 辑
在爱的时候拥有爱

第 3 辑
当现状成了最好的状态

人生"六放" / 129
值得 / 131
手机改变了我很多 / 134
我就是个残疾人 / 136
沉默是最好的试纸 / 138
你未必明了自己的心意 / 140
身体里的"开关" / 143
难弄的人 / 145
被人想起的时候 / 148
每天都发个红包的人 / 151
拥有和失去 / 153
如果没走这些弯路 / 155
坐卧铺的目的 / 157
当现状成了最好的状态 / 159
你在朋友圈的落寞与现实是一样的 / 162
另一只鞋子 / 165
被看得不好意思了 / 168
一个人的历史上的今天 / 171
我是一个容易上瘾的人 / 174
我们每天都在暴殄天物？ / 176
堵成一条线 / 179
我不会为难你，但生活会 / 181
要不要与有没有 / 184
与陌生人撞个满怀 / 186

每个人都有一颗院子的心 / 191

舍不得 / 194

鱼和水 / 197

上一次 / 199

一半 / 201

待它成熟 / 202

角度 / 204

刺激之物 / 206

一只狗的生活半径 / 208

时光这把刀 / 210

我只是喜欢我有的东西 / 212

你的事情不是我的 / 214

与孩子对视 / 216

假如人生可以一次享尽 / 218

路口一幕 / 221

赚了？ / 223

为国王打的七把伞 / 225

忙人帮忙，闲人帮闲 / 227

心态 / 229

不作恶 / 231

人生莫过3万元 / 233

谁的 "辈" 子 / 235

好自己 / 237

第 4 辑

我只是喜欢我有的东西

第 1 辑

The First Volume

我就喜欢
你现在的样子

纵使一个人是平庸的、平凡的、平淡的,他的爱也可能是很美很美的。

我很平庸,但我对你的爱很美

夜读王小波,被他的一句话猝然击中:"不管我本人多么平庸,我总觉得对你的爱很美。"

王小波这句话,是写给他的爱人李银河的。王小波说这句话的时候,还是一家街道工厂的工人,每天对着一台小机床,做着他的文学梦。而李银河已大学毕业,成了一家中央大报的编辑。他们第一次单独见面,就是在李银河工作的报社,聊了没多久,王小波突然问她:"你有没有男朋友?"接着又单刀直入地追了一句,"你看我怎么样?"就这样,他们开始通信和交往,坠入爱河。

王小波在写给李银河的另一封信里说:"告诉你,一想到你,我这张丑脸上就泛起微笑。"王小波这句自嘲,也可以改成同样的版本:不管我本人多么丑,我总觉得对你的爱很美。

我喜欢这句话,是因为它说出了我们这些凡夫俗子的心声:纵使一个人是平庸的、平凡的、平淡的,他的爱也可能是很美很美的。

青蛙爱上了白雪公主,青蛙可以自豪地说:"我很丑,但我很温柔;我很丑,但我对你的爱很美!"

即使我这样浸润于婚姻二十多年的中年油腻男，似乎也可以变得自信了，"我的人生很平淡很寡味，但我对你的爱很美。"

对很多人来说，这一生可能默默无闻、平凡、平淡、平庸，但我们对另一个人的爱，却可能是美的，不平庸的，甚而是轰轰烈烈的。

拥有这份爱时，就是我们这辈子最美的时刻。

一点点收集起来的阳光

寒凉的天气,车子在路边停了一上午。冬天的阳光洒在车身上,惨淡得就像铺了一层月光一样。然而,打开车门,你会惊讶地发现,一股暖烘烘的气息,扑面而来,仿佛打开了一扇暖房的门。那些看起来淡淡的,白白的,无精打采,似乎没有什么温度的冬日阳光,被一点一点地收集起来,使车厢里温暖如春。

这真是让人惊喜,那些被一点点收集起来的阳光,慢慢地渗入你,温暖你,拥抱你。这些细碎的阳光啊,凝聚起来,集结在一起,就具有了无比温暖的力量。

我的一位老乡,租住在闹市区的一个地下室,常年见不到阳光,周围又没有可以晒被子的地方,但她家孩子的棉被,却永远是香喷喷的,散发着阳光的味道。原来,只要是晴天,老乡出门上班的时候,就一定会将孩子睡的棉被带上,在她工作地的附近,找一个背向又能晒到阳光的地方,将孩子的棉被拿出来,晒一晒。她是一名环卫工人,负责两条道路的保洁工作。因为周围高楼很多,一个地方,往往只能晒一两个小时的阳光,所以她不断地将棉被从一个地方,换到另一个地方。

穿过高楼大厦,散落在棉被上的一粒粒阳光啊,就像一只只温暖的小虫,倏忽钻进棉被里,藏匿起来。一只阳光小虫,又一只阳光小虫,它们聚集在一起,就是一个小太阳呢。晚上,当疲惫的孩子钻进被窝里的时候,阳光小虫就又一只只爬出来，钻进孩子的肌肤里，温暖、呵护着孩子。

我感动于这样的生活，虽然艰辛，却从不失温度。

生活中，还有另一些阳光，也是这样被一点点地收集起来，照亮、温暖我们的人生。

我认识一位乡下的老医生，在他简陋的诊室里，为乡邻们坐诊了几十年。冬天，乡亲们来看病，给病人听诊前，他都会先搓搓自己的手，搓啊，搓啊，搓得热乎了，搓得红彤彤了，然后，捂住听筒，直到冰凉的听筒被焐热了，不再冰凉刺肤了，才开始给病人听诊。

这个老医生，他搓热自己的手，就是把自己身上的阳光小虫，一粒粒唤醒，让它们来焐热自己的病人呢。什么是医者仁心？这个微小的细节，就是。

对门住着一对老夫妻，老头的门牙，掉得差不多了，却有个嗜好，喜欢吃瓜子。以前都是自己嗑，"咔吧"，嗑一颗瓜子；"咔吧"，又嗑一颗瓜子。可是，现在门牙没了，嗑不起来了，怎么办？

老太说："我帮你啊。"

老太就用手帮他剥瓜子，"啪"剥了一颗瓜子仁；"啪"又剥了一颗瓜子仁。但是，老头嫌一粒瓜子太小了，简直不够塞牙缝。老太也不恼，继续帮他剥，剥了一颗，又剥了一颗，积攒了十来颗瓜子仁，再一块给他。老头乐了，一把全塞进嘴里，门牙尽失的嘴巴，瘪瘪地包裹着一嘴的瓜子仁，脸上露出惬意的笑。

这是我在阳台上，看到隔壁阳台的一幕。我经常看到的另一幕是，老头帮老太梳头。老太的头发，已经掉得差不多了，老头一根一根地将它们梳通，理顺，然后，再结成小辫。从我搬家过来，看到老太的第一天，她就一直梳着这样的小辫子。

老头可以自己用手剥瓜子的，老太也可以自己梳头的。但是，她帮他剥瓜子，他帮她梳头，一天又一天，一年又一年。

这就是生活里的阳光，它们被一点点地收集起来。这些细碎的阳光啊，当它们集合起来，就有了无比温暖的力量。

树叶的美

大多数的树叶，是到了秋天，才显出它的美来。

不是说春天的树叶不美，那是树叶最嫩、最绿，也最有生机的时刻，它自然是美的。这时候，你摘一片叶子在手，用手稍稍一掐，就能挤出几滴春天的本色来。不过，花朵们的美，使它成了陪衬，人们在春天里只看到花朵，满树的绿叶因此都是寂寞的。

到了夏天，花朵大多结出了果实，如果这果子是人或鸟喜欢吃的，所有的目光，又都聚在了果子上。这时候的树叶，每一片都在努力从阳光中获取能量，不是为自己，而是为了树叶掩映的果子们。它们被太阳烤成了深绿，甚而深蓝，有的则开始微微发黄，现出疲态。大一点的风，就能将它们从树枝上拽下来，使它们过早地走完了叶子的一生。

只有到了秋天，大约在深秋吧，花朵早谢了，果实也被摘得差不多了，只剩下叶子陪伴着黑黝黝的树枝。因为挣扎了一春一夏，叶子们也早已精疲力竭，但它们会在寒流到来之前，站好最后一班岗。大多数的树叶，已经变黄，或者变红，或者变紫，忙碌的人们偶尔抬起头，看见了树枝上的它们，人们被这些五颜六色的树叶惊呆了。"姹紫嫣红"，这本来是形容花朵的，但这一次，人们毫不吝啬地用在了树叶的身上，我觉得这是最精当的形容，也是对树叶一生最好的评价。

如果你认真地去欣赏树叶，你就会发现，每一片树叶的美，又是各不相同的。

有的树叶，美在抱成团，连成片，一眼望不到边，满世界的翠绿葱茏，仿佛来到了绿色的海洋，连拂过它们的微风，都带着绿意，令人沉醉。

有的树叶，在树枝上的时候，显得很普通，当它们落到地面的时候，你捡起一枚，瞬间被它的形状和纹理惊艳了，有人会拿回家，夹在一本书中，这枚树叶，便有了书卷气，散发出文字的光芒。

还有的树叶，一片落在了地上，又一片落在了地上，一片接一片，它们就像行为艺术家一样，用自己的身躯，铺就了一条金黄的树叶之路，让人叹为观止，不忍踏足。

我见过的最美的一片树叶，是在朔风之中，孤零零地挂在树干之上。它已经枯干了，但不知道为什么，寒风没有扯下它，大雪也没能让它坠落，它就那么孤单地，无望地，却也桀骜地，挂在树枝上。它在等待什么吗？它还有什么未了的心愿吗？它让我在那个寒冷而沮丧的冬日，忽然有了种冲动，决计不再颓废。

而让我最为震撼的，是一次走在回家的路上，没有风，似乎也没有降温，头顶之上，忽然飘下来一片树叶，又一片树叶。我忍不住抬起头，我看见了树上的叶子们，像约好了一样，纷纷扬扬地往下飘落。那么多的树叶啊，那么多的飘零啊，在半空中晃晃悠悠地，不疾不徐地，从容淡定地，飘落。那是人到中年的我，第一次遭遇一场落叶雨，它们让我看见，飘零也可以是很美的，落叶归根，回家的路，一定是很美的。

没错，如果你细心观察，你就会发现，每一片树叶，它的一生中，必有最美的一刻，可能在它韶华正茂时，也可能在它苍老飘零时，就像我们每个人平淡的一生，亦必有最美的一刻一样。

一杯水养活的植物

办公室有位女同事,女同事的案头养了一盆花。

我叫不出那花的名字,但我看得出,它绿得很好看,活得很滋润的样子。

我一抬头,就能看见它。我看不见女同事,她总是在埋头干活儿,仿佛有永远也做不完的工作。它不一样,它很悠闲,除了在偶尔蹿进来的风中,摇一摇,搔首弄姿,甩出一鞭子绿来,剩下来的时间,它只能像个没有报酬的监工,把我们挨个扫一眼,再扫一眼。

有一天,我走近它,想看看它到底长什么样。我惊讶地看见,它其实是长在一缸水中。

肚子圆鼓鼓的玻璃缸,透明,能看见里面的水,以及它的根。我第一次看见一株植物的根,如此裸露,如此茂密,就像一个人所有的隐私都暴露在外,孤独而无助。这些根须们,很努力地往四下伸展,往东,抓到的是水;往西,抓到的还是水。有的根须,探到了边,它终于触碰到了坚硬之物,它以为是泥土吗?我一直固执地以为,植物都是需要泥土的,没有泥土,没有大地,它们怎能活呢?它一次次努力扎进去,希望自己能像所有别的植物那样,将根深深地扎进土地里。它没能成功,它无法将自己的根,扎进一块透明但无比坚硬的玻璃里。

"玻璃缸里只有水，它是怎么活的？"

女同事从一堆文件中抬起头，诧异地看着我，就像我又提出了一个古怪的问题，在他们的印象中，我的脑海里，总是会被各种稀奇古怪的问题占据。她平静地说："它就是活在水里的啊。"

就跟没有回答一样，我又问："它仅仅靠水活着吗？你就没有往水里，滴一些营养液什么的？"

她摇摇头，"我只是偶尔给它换换水。"

它真的只是靠那缸水活着，而且，活得很绿，很健康的样子。这让我对它，除了喜爱，还多了一份尊重。

除了换水，我从来没有看见她为它做点什么。但是有一天，她忽然往玻璃缸里，投食，像个妈妈一样。我看见一粒粒食物，晃晃悠悠地往水底沉去，忽然，一个红色的影子，从根须里蹿出来，一口将食物吞掉。一条小金鱼。

她在玻璃缸里，又养了一条，哦，不，是两条小金鱼。

两条小金鱼，在根须中，游弋，穿梭，它的茂密的根须，就像一片丛林。它一直如此寂静而落寞，现在热闹了，两条小金鱼，就像树林里忽然来了两个儿童，谁也无法阻止它们带来喧闹和欢乐。

她每天准时给两条小金鱼投食，而且，水换得也勤快多了，几乎每天都换。可是，两个星期后，一条金鱼忽然死了，另一条，跟着也死了。

金鱼死了，它还活着。

除了水，没有别的任何东西，甚至没有阳光，但它活着。我不能理解，它是怎么做到的。

也许，这水里，这空气里，已有足够一盆水生植物生存所需的营养，我们只是不明白，它是怎么获取、吸收它们的，就像很多人不能理解，在这平淡甚至无味的日常生活里，我们是怎么获取爱与被爱的。

唤醒食物

每天早晨，妻子都会煎几块鸡蛋面饼，松软、绵润，却有筋道，很好吃。前几天妻子出差，只好自己试着煎。

和好面，打两个鸡蛋，加盐、生抽、胡椒粉，又切了些小葱，撒上去，星星点点的翠绿，好看。加水，搅匀。不粘锅热好油，倒入，小火煎。待煎至金黄，翻个身，煎另一面，亦至金黄，起锅。不是自夸，第一次煎鸡蛋面饼，与妻子煎的好像没啥区别嘛，金黄，飘着麦香和葱香。

一吃，却发现并不一样，大不一样。我煎的面饼，不松软，也不绵润，一口咬下去，牙齿和面，仿佛粘在了一起，黏黏糊糊，却无筋道。与妻子平常煎的鸡蛋面饼，真是天壤之别。奇了怪了，原料和调料，都是一样的啊，煎出来的面饼，看起来似乎亦无啥区别，为什么口感差异这么大？

打电话给妻子，她听了我讲述的煎饼过程，笑着问："你没有醒面吧？"我告诉她，"确实没有加酵母，不过，你煎饼时，我也没见你加过酵母啊？"妻子笑着说："醒面和发酵是两回事，做包子和馒头，面粉需要加酵母发酵，煎面饼并不需要发酵，但需要醒面。"她说，所谓醒面，就是将加好各种调料后搅匀的面粉，再搁置半个小时左右时间，让面粉彻底"苏醒"过来，这样，煎出来的面饼才既松软，又有筋道。

原来，面粉也是需要唤醒的啊。它从金黄的麦粒，变成雪白的面粉，从广袤的乡野，来到了我们的厨房，静静地等待着被烹饪，成为我们美味可口的食物。面粉的颗粒，细到我们分辨不出它们的身姿，但它们是各自独立的、分离的、松散的，它们或来自同一颗麦粒，或来自同一株麦穗，或来自同一块麦地，没错，它们曾经是一个大家庭，一个整体，是面粉机让它们暂时分离了。当它们被水搅匀，恍惚间，它们又抱成了一团，你挨着我，我拥着你，不分彼此地融合在一起。它们体内的麦香，被再一次唤醒，而它们还需要一点时间，以抱得更紧一点，让抱成团的麦香，更浓郁一点，更持久一点。我想，这就是醒面吧。

后来，与一位厨房朋友闲聊，才知道，其实不独醒面，很多食材，都需要唤醒。

比如最常见的青菜吧，他说："很多人习惯将择洗干净的青菜，放在清水里再浸泡一段时间，这是为什么？因为经水浸泡后，青菜上残留的农药、有机磷等，会被最大限度地清洗掉，但很多人不知道的是，在烹饪之前，用水泡一泡青菜，还有一个很重要的作用，那就是将青菜唤醒。青菜从菜地辗转到厨房，大多开始有点蔫了，没有了新鲜蔬菜的活力，而经水一泡，它们便满血复活了，青翠，碧绿，焕发出蓬勃的生命力。这样的青菜，做出来的菜肴，才更新鲜，更清脆，更滋润啊。"

一些风干的食材，比如干香菇，就更需要唤醒了。他说："风干的香菇，像被岁月夺去了芳华的老妪，干巴巴，布满皱纹，而用水泡一泡，它们的生命就会被唤醒，变得饱满，水润，而沉积在它体内的芬芳，也被激发出来。然后再拿去烹饪，制成我们的食物，它才会特别滑嫩，软糯，可口。"

是的，食材就像我们的口感一样，也是有"蕾"的，需要唤醒。在吃饭之前，漱一漱口，啜一小杯清水，除了卫生的需要之外，它的另一个重要功效，就是唤醒我们的味蕾，以最敏锐的知觉，去亲密接触这天赐的美味食材，这注定将是一次妙不可言的邂逅。在滋养我们之前，将它们都唤醒吧，使之复苏，让两个"蕾"，一并绽放。

我们的心就像一个停车场

夜读，被诗人北岛的一句话猝然击中，他在《失败之书》中说："诗人的心像停车场，知道有多少辆车进来，停在什么位置。"

这真是一个俗而精妙的比喻。掩卷而思，觉得不独诗人，我们普通人的心，不也像一个停车场吗？

你的心越宽广，停车场就越大，也就能容更多的人，更多的事，更多的风雨。

内心强大，需要有一个宽敞的入口，它就是你的心门。这个心门，不必奢华，但一定要足够宽敞，方便进入。有的人心很大，但太自负自傲，总是摆着一副拒人于千里之外的冷脸，谁还敢贸然进入呢？

一个停车场，要有入口，放世界进来，还要有出口。再强大的心，也是和停车场一样，容量有上限。一个人，不能把什么人，什么事，都放在心上，舍不得放开。那样，你的心就会不堪重负，拥堵不堪。出口是和入口同样重要的通道，放下一些人，放走一些事，你才能有空间容纳更美好的人和事，也才能让自己透口气。

不是什么车进来了，就都是停车场的私有物品，它有进来的冲动和自由，也有随时出去的可能，你必须有这个心理准备。你要知道，大多数车，进停车场只是临时停靠，它有它自己的位置和世界。人也一样，攘攘一生，我们会遇到很多人，其中有的成了朋友，一度在我们的心中占据着很重要的位置，但时世变迁，人心难料，很多人走着走着就散了，这也是很正常的事。

有的车，喜欢停在停车场的门口，那是为了出去方便。我们的心也一样，有些人进来了，本来就是为了某种目的，带着功利心进来的，他的目的达到了，或者眼见着你并不能如他所愿，抑或他认为你不再对他有价值，他就会毫不犹豫地开走，一溜烟儿跑得无影无踪。这一点儿也不值得惋惜。

有的车，总想停在显眼的位置，那是要引起你的注意，害怕遭冷落，受伤害。他可能是刚结交的朋友，也可能是你的亲人。他提醒你，进入你心中的人，你都应该呵护他们，给他们应有的照顾和温暖。一个想长期驻留在你心中的人，他就像一辆驶进停车场的车，往往会自觉地找一个僻静之地，本分地停靠，然后，默默地注视你，关注你，与你同喜同悲。这样的人，不是亲人，就是爱人、知己。因为安分，因为不显眼，因为不争不抢，他们反而容易被疏忽、遭遗忘、受冷落，多少人间遗憾，由此而生。所以，时时巡视、躬省一下我们的身边和内心吧，永远也不要忘了那些可能陪伴、支持了我们一生的人。

有的车，很霸道，一个车身却占据着两个车位。如果不是司机技术不佳，就是骄横惯了。越是心地善良的人，越是包容性强的人，心里越是可能住着一两个这样的人。而且偌大的停车场，车停得多了，因为抢位子，进进出出，争风吃醋，不免秩序混乱，矛盾丛生，时有磕磕碰碰的事情发生，这没什么大不了的，只要自己的心不浮躁，方寸不乱，一碗水端平，就没有过不去的坎儿，解决不了的难题。

有的车，很新，很干净，这就像一个心地纯净的人。在你的心中，这样的人越多，你的心自然也就越洁净，让人欣慰。但难免有沾满了灰尘的车进来，就像一个疲惫、邋遢、萎靡不振的人。他已经进来了，怎么办呢？如果你的心足够包容，足够宽大，那就不妨再弄个洗车场，给他擦一擦，洗一洗，让他焕然一新。一颗能净化别人的心灵，才是真正博大、美丽的心灵。

一个停车场，再大，填得满满的，也会让人有窒息感；再小，没有停几辆车，也会空落落的，了无生机。因此，我们需要不断充实自己的内心，让它丰富多彩起来，也需要留下一点空间，使之永远保持自由、弹性和活力。

到山顶还有多远？

登山，常有人问，到山顶还有多远？

如果是刚入山不久，攀爬不过百阶，就有人发问，到山顶还有多远？这人，多半对爬山本来就有畏惧，心里犹疑着到底值不值得那么辛苦地爬上去，这时候，你若告诉他，刚开始爬，早着呢。他正好给自己一个台阶下，抬眼望一眼山顶，幽幽地说："算了，不爬了。"

到了半山腰，问的人最多，到山顶还有多远？已经累得气喘吁吁，体力和毅力，这会儿都消耗得差不多了，可是，山顶似乎还是遥不可及。这是爬山最艰难的一段，克服过去了，往往能成功登顶，但也有很多人，就是在半途中打了退堂鼓，使之前功尽弃。回答很重要，倘若你轻松地告诉他，已经爬了一半多了，快到山顶了，就会给他很大信心。若你无力而同情地告诉他，快一半了吧，则让他对后半程，充满了恐惧。

拐个弯，就到山顶了，这时候，还会有人上气不接下气地问，到山顶还有多远？这时候的人，皆已疲惫不堪，到了极限。但你告诉它，拐个弯就到了。犹如打了一针兴奋剂，刚刚还疲惫无力的双脚，立即又虎虎生风，仿佛有了无穷的力量。

也有人好开玩笑，偏要逗逗他，"早呢，慢慢爬吧。"登山者最后那点力气和信心，像漏气的皮球一样，瞬间瘪了。你赶紧告诉他，"逗你呢，拐过这个弯，就到山顶了。""真的？""真的！"力量又重回到他的身上。

到山顶还有多远？第一次爬一座山，很多人都会发问。那么，如果是你，你会问什么人？

问的最多的，是正下山的人。他们刚刚从山顶下来，个个像凯旋的英雄，对刚刚爬过的山路，当然最有发言权。

不过，同样是刚下山的人，问不同的人，答案和效果，也不一样。

最好是问与自己差不多的同龄人。同龄人，体力差不多，耐受力也差不多，最重要的是，感觉也差不多。他告诉你，还有多远到山顶，往往是最接近你的体力、耐力和信心的答案。你是个中老年人，问的却是一个年轻人，他告诉你"快到山顶了"，那是以他的体能所论，你做不到。

同样在半山腰，你问一个体格健硕的人，他会简洁而有力地告诉你，快了。如果问的是一个病怏怏或显然体力不支的人，他就会有气无力地告诉你，早着呢。每个人的回答里，其实都带着自己的感受。

也有可能是这样的，你问的那个人，自己心生畏惧，或体力不逮，而半途折返的人。他自己都没有爬到山顶，如何告诉你，到底还有多远呢？他自己都没有信心了，如何传递一点力量给你呢？

问一个与你一样爬山的人，还是问一个生活或工作在这座山里的人？

很多人会选择问生活或工作在山里的人，他们对山里的每条路，都了如指掌，能准确地告诉你，现在处于山的哪个位置，离山顶到底还有多远。唯一的问题是，因为生活在山里，天天走山路，他们个个都练就了如履平川的本事，因此，他眼里和脚下的远近，与你眼里和脚下的远近，其实是不相等的。而一个游客，一个与你一样普通的爬山人，感受和感觉，就会相近得多。

有人会在问过"到山顶还有多远"之后，又追问了另一个问题，"山顶好看吗？"这真是一个愚蠢透顶的问题，山顶之上，能看到什么，领略到什么，是只有自己站在山巅之上，才能切身感受、体会到的。别人能告诉你的，永远是别人的感受。没有人能告诉你，当你站上山巅，会看到什么，想到什么。没有人能回答，那个只属于你的境界。

就像没有人能回答，你的人生是不是精彩。

邻居的纸条

下班回家,见门上贴着一张纸条,"儿子在我家。"字迹认得,是对门老刘的。

敲门,老刘开了门,笑眯眯地问:"下班啦?你儿子和我儿子在房间里一起做作业呢,我喊他。"

道了谢,和儿子一起回家。问儿子,怎么不在自己家里,又跑对门去做作业呢?儿子说:"早晨上学时,忘带钥匙了,妈妈又出差了,本来想打电话给你,让你早点回来,正好对门刘叔叔回家,看到我站在门口,就关切地问了我情况。刘叔叔就让我到他家里,边做作业,边等你回来。刘叔叔怕你回来找不到我着急,还在门上贴了张纸条。"

这不是老刘第一次写纸条了。收到老刘的第一张纸条,是刚搬来时。

那天搬家,因为没请搬家公司,都是我们自己搬,所以,有点乱,也特别累。这些年,因为各种缘故,我们搬了好几次家,每次搬家,就像打一场仗,身心俱疲。我和妻子正在收拾,有人敲门。

开门,是一个陌生的中年男人。他说:"我是你对门的,你们新搬来的啊?"

我点点头，心说，这不是废话吗？

他又问："这房子，你们是租的，还是自己买的啊？"

我有点不高兴，怎么，查户口啊？没好气地答，买的。

"太好了，那我们就可以长期做邻居了。"中年男人很激动的样子。真搞不明白，我是买的，还是租的，与他有什么关系？他又说："以前这房子都是租的，住的人经常换，各种人都有。现在好了，现在好了。"

我不耐烦地打断他，"你有什么事吗？"

中年男人一怔，支吾着，"需要我帮、帮忙吗？"我坚定地摇摇头。搬过这么多次家，还是第一次见到这么自来熟的邻居。

"那你们忙。"他走了。

我和妻子继续收拾，妻子说："刚才这人还蛮热情的。""我笑笑，太热情了，简直像个老娘们。"

好不容易，把大件拾掇到位。坐下，小憩一会。

"咚，咚咚！"又有人敲门。开门，竟又是那个中年男人！我没好气地问："你还有什么事？"

"是这样的。"他递给我一张纸条，说，"这上面都是一些有用的电话号码，你们刚搬来，对这里的环境不熟，也许用得着。"我犹疑地接过纸条，瞄了一眼，他又说，"最后一个号码是我的，方便联系。"他走了。我随手将纸条，扔进了垃圾篓。天黑了，妻子下厨做饭去了，我继续收拾。

忽然，妻子在厨房里喊："下水管怎么不通？水池里的水，都下不去。"

赶紧去看。水池里已积了半池的水，显然是下水管不通。这是一套二手房，买的时候，还真没在意，卖主也没提这茬儿。

捣鼓了半天，还是不通。妻子说："还是赶紧找个维修工来吧。"可是，天都黑了，又刚搬来，也不知道上哪去找维修工啊。忽然想起了对门那个中年男人给的纸条，也许，那上面有维修工的电话？

从垃圾篓里，翻出了那张纸条。一看，密密麻麻写满了一张纸，物业的电话、保安室的电话、门口便利店的电话、快递公司的电话、家电维修工的电话……水管工师傅的电话！

电话打过去，果然是一个水管工师傅，帮人疏通下水道，他答应马上就过来。

对门中年男人给我的那张纸条，帮了我们大忙。我将那个纸条，理平整，压在了餐桌的玻璃下面。

我搬过来已经两年多了，那张纸条，给我们带来了很多方便。那是对门的老刘，写给我们的第一张纸条。此后，偶尔又收到过老刘贴在我家门上的纸条，都是一些提醒什么的。

至今，我和老刘，也不是特别熟悉。我不喜欢串门，也不喜欢平静的生活被人打扰，老刘似乎意识到了这一点，所以，他也很少来串门或敲门。门口碰面了，或者小区里偶尔撞见，我们只是互相微笑着点点头，像众多其他似识非识的邻居一样。

但他给的那张纸条，我一直压在餐桌的玻璃下面，它给我们家的生活，真的带来了很多便利。这张小小的纸条，是这么多年来，我从邻居那里得到的，最简朴也最温暖的礼物。

就在前不久，我已将纸条上的最后一个号码，存储到了我的手机通讯录里，它被归在我的朋友群组里，我给它取的名字是："朋友老刘"。

放风筝的父与子

城市广场,很多人在放风筝。

大多是男人带着孩子,女人则坐在草地上,笑吟吟地看。

我注意到了一对父子。他们之所以特别醒目,是因为他们的风筝比别人的都大,看得出是自己做的。也许是父亲亲手制作的,也许是父子俩一起做的,母亲大约也帮了不少忙,因为裁剪和缝纫的针脚,精细缜密。做出这样的风筝,肯定花了不少时间和心思,但过程一定充满了快乐和期待。

他们将风筝平铺在地上,孩子牵着风筝的尾,父亲开始放线。放了十几米,父亲回头,将线拉直,绷紧,然后,右手拽住线,高高举起。父亲的这个高度很重要,风筝能不能顺利飞起来,与他手中的线,能举得多高有很大关系。很多事情都是这样,起点很重要。

父亲看着孩子,问:"你准备好了吗?"

孩子兴奋地回答:"好了。"

父亲大喊一声,"放!"同时,转身,一手举线,一手拿着转盘,快速奔跑。

他身后的风筝，摇摇晃晃地飞了起来。

孩子飞快地跑向父亲，他很快就追上了父亲。你很难想象，一个孩子的奔跑速度能有多快，他总能追上父亲，并且最终一定跑得比他还快。

风筝已经升到了树梢的高度，它必须飞得更高。这时候除了继续奔跑外，还需要一点风。风总是有的，只是大小不同而已，一个高明的人，即使在你感受不到一丝风的时候，也能把风筝放飞到天空，他靠的是力量和智慧。而现在是春天，一个多风的季节，最重要的是，升腾的地气，能够助你一臂之力，让风筝轻快地飞往高空。春天，除了万物生长外，也比任何时候都更容易放飞风筝和梦想。

父亲将手中的转盘和线，都交给了孩子。孩子激动地接过来，紧紧地拽住风筝的线。他一圈圈地将转盘里的线放出来，希望风筝快一点飞到高空。可是，风筝突然在空中打了一个趔趄，摇摇晃晃，像喝醉了酒一样。儿子慌了手脚，不知所措，父亲赶紧一把将线拉紧，紧绷的线，使半空中的风筝停止了摇摆。等风筝完全稳住了，父亲告诉儿子，可以继续放线了。

孩子很快就搞懂了放风筝的诀窍：紧一紧，是为了稳住风筝，不让它失去重心和方向；放一放，是为了给风筝自由，让它能够飞得更高。孩子笑了，父亲也笑了。他们的风筝，飞得越来越高。

转盘里的线已经不多了，孩子想将最后一点线也放掉，这样，风筝就能飞得再高一点。但父亲阻止了他，父亲告诉他，"如果将线全部放完了，一旦风筝在空中遇到强风什么的，你就没有线可放了，也就失去了缓冲的余地，风筝很可能被强风卷走，线断而去。"孩子似懂非懂地点点头。他仰起头，自豪地看着高空中的风筝，像鸟一样翱翔。

他们牵着高空中的风筝，走到了一个女人的身边。女人抬起头，一手遮在额前，眺望高空。她看到了他们的风筝，飞得那么高，那么稳，她摸摸儿子的头，甜甜地笑了。

在晴朗的天空中，飞满了风筝。城市广场上，到处是笑意盈盈的人们，男人、女人，和他们的孩子。

　　我给在远方上大学的儿子打了一个电话，告诉他，我和他妈妈一切安好，他也告诉我，他现在的生活很充实，很快乐。我笑着挂了电话。

父亲的菜谱

冬至，朋友回乡探望老母亲。老父亲几年前去世后，年近八十岁的老母亲，就一个人守着老房子，独居，子女们多次想让她搬到城里，和儿女们一起生活，老太太执意不肯。

看到女儿，老太太很开心，事先准备了很多女儿爱吃的水果和食物，母女俩一边吃，一边聊，其乐融融。父亲的遗像，就摆在老太太的床头，安详地看着她们。

朋友在父亲的遗像前，点了三炷香，祭奠父亲。在擦拭父亲的遗像时，朋友惊讶地发现，遗像下面，压着一张泛黄的纸片，拿起来一看，是一张手写的菜谱。一旁的老母亲说："这是你爸过世前的那个春节，他写下的年夜饭菜谱。为了这张菜谱，你爸爸准备了好几天，你看看，上面都是你们喜欢吃的菜。"

朋友清晰地记得那年春节，全家人的团聚。因为父亲病重，分散在外地工作和学习的子女以及孙辈们，全都赶回来了，就连在美国读书的外甥，都飞回来了。那是这么多年来，他们这个大家庭唯一一次一个不漏的团聚，年夜饭挤了满满一大桌。已经有点糊涂，也几乎吃不下什么东西的老父亲，一直硬撑着坐在桌上，心满意足地看着他们喝酒，吃菜，聊天，欢笑。席间，一向不苟言笑的老父亲，甚至讲了一个笑话。他用手一个个点过来，说："你是他们的儿子，你是她的丈夫，她是你俩的女儿……"又指着老太太，对儿子和女儿说，"她是你们的妈妈。"最后，用手画了一个大圈，笑吟吟说，"你们都是我的。"

一转眼，父亲已经去世好几年了。刚开始的一两年，老父亲的身影，还时常出现在她的梦中。而这两年，梦到父亲的时候，越来越少了，有的记忆，甚至已经开始模糊了。这让她的心，隐隐地痛而内疚。

按照当地的习俗，逝去的人在生前所用的衣物等私人用品，都会一把火烧掉，意在让逝去的人，带往他生，也让活着的人早点断掉念想，好继续各自的生活。所以，除了父亲亲手盖的老宅，老父亲的痕迹，几乎都烧掉了，消失了，了无痕迹。她没想到，老母亲会悄悄地留下了这张纸片，父亲歪歪扭扭的笔迹，就像他被病痛折磨已久的躯体，扭曲、苦痛，却又因为即将到来的全家的团聚，因为最后一个年夜饭，忽然振作起来，现出快乐满足的模样。

摩挲着父亲留下的最后一张菜谱，她的眼眶，湿润了。老母亲扶着她的肩膀说："娃，别难过，看到这个菜谱，我就仿佛又看到了你父亲，感觉他还一直陪着我呢。还有啊，每次看到这张菜谱，我就好像又回到了那年春节，你们全都赶回来了，那是真正的团圆饭呢。"她用手机拍下了老父亲手写的菜谱。这是父亲留给妈妈的，也是留给全家的一个念想。有此一物托哀思，足矣。

她摸了一下眼睛，转身对老母亲说，自己也即将退休了，那时，她就可以搬回来，多陪陪她老人家了。

看到雪就又是一年啦

卫生间里又传来"哗哗"的水声。

她走进去,一看,果然,他正在洗脸。这已是他上午第四次洗脸了。早上起床,他洗了把脸;吃过早饭,他在家里转了一圈,又跑去洗了一次脸;看了一会电视,他忽然站起来,又去洗了一次脸。

没想到,她刚买了菜回来,他又跑去洗脸了。

她告诉他,"你已经洗过脸了,而且,已经洗了三次啦。"他一脸茫然地看着她,喃喃地说:"我真的洗过脸了吗?"

她惨然一笑,说:"我逗你呢。"

他也乐了,"我还以为我老糊涂了呢。"

她的心隐隐地疼。他们都还不太老,她才61岁,他也才74岁,可是,显然医生的诊断是对的,他真的开始糊涂了。

他洗好了脸,帮她择菜。退休后,他们俩每天最大的事,就是买菜、烧饭、吃饭。

一根一根，他很认真地择着韭菜。

他忽然停下来，扳着手指头，默数着什么。半晌，好像是数明白了，激动地对她说："我们结婚已经整整37年了，再过3年，我们就结婚40年啦，就是红宝石婚了，我的愿望就实现啦。"

她点点头。思绪被他的话，拉回到37年前。

那是一个寒冷的冬天，他和她在他狭小的宿舍里，结婚了，因为年龄悬殊，她的家人极力反对。他们结婚时，没有婚礼，也没有亲人的祝福，只有窗外漫天飞舞的雪花。她依偎在他的怀里，他捧着她冻得通红的脸，对她说："我只求能陪你40年。"

他们后来一起来到了这座南方小城定居。在南方，不是每个冬天都会下雪，但只要哪个冬天下雪了，他就会特别开心。

一眨眼，37年过去了。

她看着他，笑着说："说好了陪我40年，你可不能爽约哟。"

他拍拍胸脯，郑重地点点头，"还有3年，我肯定能坚持到那一天的，我一定要坚持到那一天。"

看着他，她的心又隐隐地疼。儿子已经偷偷地告诉了她，爸爸的检查结果很不好，除了帕金森综合征外，他还得了癌症，中晚期，医生说，他怕是熬不过这个冬天了。

她瞄了一眼窗外，天阴沉沉的。据说，这个冬天将很可能又是一个暖冬。

他们共同期待的雪，恐怕是来不了了。

吃过中饭，他去午睡了，她看一会儿电视。午间新闻后，是天气预报，主持人说，一股冷空气正在南下，预计明后两天全国将大规模降温，部分地区将降下今年的第一场雪。

下雪？她打了个激灵。

电视画面上，还画出了可能降雪的区域，他们所在的这座南方小城，不在降雪范围内，但是，淮河以北却有可能下雪。

她给儿子打了个电话，让他赶紧给他们买2张明天到宿州的高铁票。儿子担心地问："那边快下雪了，你们跑去干什么？"她说："我就是带你爸去看雪的。"

她跟他说："我们去宿州看看翠云吧。翠云是她的表妹。"

第二天，他们坐高铁到了宿州。住进翠云家，她把他的情况和她的计划，悄悄跟翠云交代了下。

天阴沉沉的，刮着强劲的西北方。傍晚，天空忽然飘起了雪花。

她喊他走到窗前，激动地说："看，下雪了，过年啦！"

他将手伸出，几片雪花，落在了他的手心上。他开心地说："真下雪了呢。"

她说："老头子，过年了，从今天开始，你就75岁了。"

他说："老了，又老一岁了。"边说，边扳着手指头，默数，然后，盯着她，一字一顿地说，"这么说，我们结婚，38年啦。"

她点点头。

在宿州住了几天后，他们回到了南方小城。

她每天都很准时地收看天气预报。

一个月后的某一天，她让儿子开车，陪他们回一趟北方老家。老家已经没什么亲人了，但村头孤零零的老屋还在。她在集镇上买了不少菜，还让儿子偷偷写好了一副对联。

第二天，果真如天气预报说的，老家突然下起了雪，雪花漫天飞舞。她让儿子赶紧将对联贴上。

她陪着他，站在老宅前，雪花很快落满他们一身。

她说："下雪了，过年啦！"

他仰头看看天空，喃喃地说："时间过得真快啊。一眨眼，又过年了；一眨眼，我们都老了。"然后，低下头，扳着手指头默数，说，"我们结婚都39年了。"

他们一家人，在沉寂多年的老屋里，吃了一顿团圆饭。

回到南方小城后不久，因为疼痛加剧，他住进了医院，他再也没能走出医院。但是，就在他弥留之际的那晚，窗外突然飘起了雪花。大团大团的雪花，从天而降。

她附在他的耳边说："你看，窗外下雪了，又是一年啦。"

他迷迷糊糊地睁开眼睛，他看见了大团大团雪白的东西在飞舞。他喃喃地说："我如愿陪了你40年，我满足啦。"

他闭上了双眼。

楼上，他们的儿子，将最后一把碎泡沫，撒向空中。

我就喜欢你现在的样子

在大家的眼里，她现在是这样一个人：不喜打扮，有点大大咧咧，还有点人来疯；路痴，忘性大，经常丢三落四；好吃，且能吃，因而身体开始像气球一样在膨胀，原本俊俏的瓜子脸，有了西瓜的形状……

他却忽然如痴如醉地爱上了她。

我用忽然这个词，是想表达人们心中的意外。不是说他不该爱上她，爱没有什么该不该的，而是大家觉得，如果要爱的话，他应该早一点爱上她，比如三五年前。为什么要早一点爱上她呢？因为那时候的她，年轻、貌美、傲娇、冷艳，是很多人心目中高不可及的女神。他和她早已相识，他就应该像很多男人一样，在那时候爱上她的。他却没有！他偏偏在她成了现在这副模样之后，突然爱上了她。这是不是叫人费解？

他却不以为然，我就是爱上她现在的样子。我不在乎她丢三落四，我喜欢她大大咧咧的样子，看到她圆嘟嘟的脸我就是觉得特亲切……所有的爱都是有缘由的，所有的爱也都是没有理由的。

爱这个东西很奇怪，有的爱，从第一眼开始；也有的爱，是经过岁月的缓慢沉淀，才在某一天，忽然生根发芽。但本质上，它们其实都是一样的，那就是此时此刻，忽然爱上你。

"现在的样子"，是一个人当下最真实的自己。一个人爱上另一个人，就是爱眼前的这个活生生的人，她（他）的一笑一颦，举手投足，一个背影，都会让你神魂颠倒，迷恋忘返。

两小无猜的两个人，小时候是朦朦胧胧的好感，过家家，拉钩上吊，及至都长大了，再次见面，很可能一点感觉也没有，甚至连共同的话题都找不到了。这没什么奇怪，他现在的样子，她看不上了；或者她现在的样子，他一点也不喜欢了。

也有反过来的。我认识一对夫妻，初中同学了三年，两个人一直是死敌，她讨厌他太顽皮，经常无事生非，丑态百出，他嫌她长得又矮又胖，还仗着是班干部爱管这管那，指手画脚。总之，两个人是谁也不待见谁。初中毕业之后，两人就失去了联系，直到若干年之后，一次初中同学会，两人才再次见面，也就是在那次同学会上，都还单着的他和她，竟然像两个初次见面的人一样，一见钟情，冒出了火花。他爱上了现在样子的她，她也爱上了现在样子的他。

现在的样子，未必是完美无瑕的，它一定是包括了一个人现有的优点，以及缺点和不足。一个人爱上另一个人现在的样子，就是爱上了他现在的全部优点，也能够接受、包容、宽宥他所有的缺点。这也就是为什么在外人看来不足爱的人，或者不般配的人，偏偏让另一个人爱得死去活来。

现在的样子，也一定是会变化的。那么，爱的基础还在吗？

有的人，在对方变老了、变胖了、变丑了、变笨了，或者性情变了、地位变了、经济条件变了等之后，爱慢慢消失了，不再爱了。他（她）不再爱她（他）现在的样子了，爱就没了，死了。

但真正的爱，应该是这样的：在我年轻时，我爱上你年轻的样子，你的活力让我如痴如醉；当你人老珠黄时，我依然爱你"现在的样子"，爱你头上的白发，爱你脸上的皱纹，爱你佝偻的背影，爱你蹒跚的步伐，爱你牙齿都脱落光了，讲话都不能关风的样子。

  一直爱一个人，就是一直爱你"现在的样子"。只要能伴你左右，只要能拥你入怀，只要能陪你终生，而无论你是怎样的模样，我都深爱你。这就是至死不渝的真爱。

妻子的男人情怀

我和妻子婚后的很长一段时间,都是两地分居。两地分居的结果是,她不得不独自承担起一个新家庭的责任,既是妻子,也是丈夫;既当妈妈,又当爸爸。因而,在她的身上,除了女性固有的温柔,还多了一份男人的担当,男人的情怀。

刚结婚时,婚房安置在她所在的县城,而我在另一个城市工作,只有周末才有可能回去。房子在哪,家就在哪,我们这个小家庭的全部重担,都落在了她一个人身上。20世纪90年代初,生活还比较艰苦,即使县城,烧的也还是煤炉,条件好一点的人家,才能用上灌装液化气。虽然周末我回去后,会尽量将家里需要做的重活,提前做好,但是,仍难免有突然断了煤球的时候,这时候,她就会自己去买煤球。搬动几十个煤球,对一个男人来说,或许不算什么难事,但对于一个一直读书的女孩子来说,就不大容易了,煤球一步一挪地搬到家,常常虚脱,而年轻俊俏的脸蛋上,也会被黑色的煤灰和汗水,画成大花脸。

除了体力活外,几乎所有原本男人做的活,妻子也都不得不自己去做。比如换灯泡,灯泡忽然坏了,怎么办?等我回去,还得三五天,妻子又一向不愿意麻烦别人,便自己换。我们住的是平房,白炽灯往往吊得很高,家里又没有梯子,妻子便吃力地先将餐桌,挪到下面,站到桌子上,高度还是不够,再在桌子上加个方凳子，这样才勉强够着。有一次，妻子已经怀孕几个月，灯泡又坏了，她又一次爬上了餐桌，摇摇晃晃地站在方凳子上，更换灯泡。谢天谢地，她没有摔下来，但从餐桌下来时，还是不小心崴了脚。我周末回家看到她依然肿胀的脚背，才获知此事，除了心疼，除了后怕，就是深深的自责。但妻子却一脸平静，没有责怪，没有抱怨。这件事后，促使我加快了办理妻子工作调动的节奏，不能再让她一个人独自承担这一切了。

妻子十月怀胎，我没能尽一个丈夫的职责，照顾好她。在我们的孩子出生后，总算好事成双，她也顺利地调到了我所在的城市。那是一段忙碌而快乐的时光，我们一起养育着孩子，也一起分担家庭的琐碎事务。可是，好日子没过几天，我又调到了离家更远的浙江。我原本是想放弃这次机会的，长辈们也不愿意让我到外地去工作，妻子是家里唯一的支持者，好男儿志在四方，她不希望我因为家庭的拖累，而放弃自己的追求。

我们再一次两地分居了。这一次，留给她的家庭担子也更重了，不但要照顾好我们的小家庭，年幼的孩子，还要照顾我们两家的长辈。那时候，岳母不幸得了白血病，她作为家里的长女，几乎担负起了子女们的全部责任，为岳母找医生，陪着岳母到苏州治疗，回到家，还要一个人照顾孩子。纵使再忙再苦再累，她也丝毫没有松懈给牙牙学语的孩子以启蒙教育。我们的孩子后来学有小成，与他妈妈对他从小就培养的良好学习习惯和态度，有着不可分割的关系。

最让我对妻子刮目相看的是，她为了不让我再次为她的工作调动费力劳神，竟毅然决定以考学的方式，来实现全家团圆的梦想。那时候，她走出校门已经13年，自己也已34岁"高龄"，却准备报考浙江大学的研究生。所有人都认为，这绝对是不可能完成的任务。自从决定报考研究生后，她一边工作，一边养育孩子，一边照顾母亲，一边自学，用了一年时间，在300多名报考浙江大学法学院的考生中，终以前十的傲人成绩，被录取。接到她的录取通知书那天，我流泪了，感谢她所有的艰辛付出，也感恩我们一家人来之不易的再次团聚。

我第一次在大学校园见到她时，她还是一个漂亮、温柔、聪慧，也有点羼弱的女孩子，生活一次次改变她，她也一次次以坚强的身影，去勇敢迎接并改变生活。她并不是女汉子，但她的身上，确有一股男人的情怀，有着再艰难的生活也不被压倒，敢于直面和独自挑起重担的意志。我一直错误地以为，只有坚强的男人才有这样的品质，在我妻子身上，也在其他很多女性身上，我看到了这个闪光的亮点。所以，当妻子后来义无反顾地辞去一家公司的总经理职位，而从头开始去做律师的时候，我像以往一样选择坚持并相信她，我知道，这是她又一次以勇敢的姿态，向人生，也向自己，发起挑战。

妈妈的密码

妈妈要出门了。

她知道，在她出门不久，儿子就该放学回来了。她还知道，儿子放学回来，看到家中没人，第一件事，肯定是打开电脑。他会坐在电脑前，一玩几个小时，忘了时间，忘了作业，忘了喝水和上厕所，直到爸爸妈妈回家。

不过，从这天开始，儿子想打开电脑，可能不那么容易了，她给电脑上了密码。这是她和儿子商量好的，她和儿子约法三章：妈妈给电脑设置密码，凭密码开机；每天只能玩半个小时，时间一到，电脑自动关机。

她留了张纸条给儿子，告诉他密码：今天的密码是爸爸的生日。

儿子回到了家，拿起妈妈留下的纸条。爸爸的生日？儿子乐了，他记得妈妈告诉过他，他也记得一家人为此庆祝过，那天爸爸还吹了蜡烛。可是，怎么突然想不起来了呢？1982年还是1983年？4月，不，好像是7月？输了几次，都失败了。不过，这难不倒他，他跑进书房，从抽屉里找到了户口本，第一页就是爸爸的，生日赫然在目，他顺利地打开了电脑。

儿子用心记下这6个数字，这是开机密码，这也是爸爸的生日。这一次，儿子记住了。

每隔一段时间，她会更换密码。密码都不难，6位数，全都是家人的生日。儿子自己的生日，爸爸或妈妈的生日，爷爷或奶奶的生日，外公或外婆的生日。有时候，她也会稍稍增加点密码的难度和乐趣，比如，爸爸的年，奶奶的月，外公的日，儿子也从不混淆，这些特殊的日子，他已经烂熟于心啦。

一个小小的密码，让儿子牢牢记住了全家人的生日，她感觉还是蛮有趣的，很值得。她琢磨着，让密码发挥更多作用。

刚读小学一年级的儿子，算术能力有点差，而且，不怎么喜欢做数学题。她想，怎么让孩子愿意多练习？

那天，她留给儿子的密码纸条是这样的：密码的第一个数字是34-25，第二个数字是9+12-13，第三个数字是40-36+3，后三个数字是2、3、6的组合。

儿子很快将前面3个数字，计算出来了，后3个数字，将他难住了。怎么排列呢？他一次次输入，尝试，一次次失败了。

爸爸回来了，儿子请教爸爸。爸爸说："你不要急着在电脑上输入，而是在纸上先排列一下，看这3个数字，有多少种排列法，然后再一个个输入，就总有一个是对的。"

在爸爸的帮助下，他终于输对了密码，打开了电脑。那一刻，儿子的兴奋劲，似乎比玩电脑还高。一向对数字不怎么喜欢的儿子，竟然慢慢迷上了数字和数学。他甚至主动提出，让妈妈增加难度，有一次，妈妈设置的密码，后四个数字是任意组合，儿子竟然也破解了。要知道，那是很大的一个数字量。

妈妈说，给电脑设置密码，本来是防备儿子偷偷开机玩电脑的，没想到，在设置和破解密码的过程中，一枚枚数字，给她和儿子带来了莫大的乐趣和惊喜。她希望自己设置的每一个密码，都能让儿子感兴趣，在潜移默化中，助他进步。

她今天留给儿子的密码纸条，是一个汉字："臻"。她告诉儿子，前两个数字，就是这个汉字的笔画，后四个数字，是字典里这个字所在的页码。儿子这几天，正在学习怎样查字典。

儿子放下书包，就迫不及待地破解这个密码。不知道从哪一天开始，他破解密码的乐趣，甚至超过了玩电脑本身。

他破解的，是妈妈爱的密码。

我在心里说过了

3岁,我拿了邻居小孩的一块糖。我太想吃一颗糖了,而他有好多颗,我就拿了一颗,我只拿了一颗。邻居妈妈带着她的小孩上门告状,妈妈当面打了我一巴掌,我委屈地哭了。妈妈让我承认错误,说声对不起,我在心里说过了,但妈妈没听到,于是,妈妈打得更凶了,一边打,一边骂我是个犟种。

第二天,妈妈不知道从哪弄来了一把糖,还当场剥了一颗塞进我嘴里。那颗糖跟我昨天拿的邻居小孩的糖,一样甜。我在心里说,谢谢妈妈。妈妈没听到,但我看得出,她看着我吮吸糖果的甜蜜样子,很开心。

8岁,我在学校和一个胖男孩打架了。他比我高大,也比我壮实,他说我爸爸坏话,我便和他打起来了。我的头上撞了一个大包,我没哭,但他哭了。他哭了,老师就把我妈妈喊到了学校。妈妈问清了缘由,让我向胖男孩道歉,我什么也没说。妈妈只好自己一个劲儿地向胖男孩和他爸爸赔礼道歉。

回家的路上,妈妈发现了我头上鼓起的大包,心疼地问我痛不痛?我摇摇头。我忽然看见妈妈扑簌簌直掉眼泪。我在心里跟妈妈说,包很疼,但我不怕疼。妈妈没有听见,只是眼泪不停地砸在我的额头上。

那一年，我的爸爸在五七干校，接受劳动改造。

14岁，学校有活动，让我们提前放学回家。我打开门，看见妈妈正好从我的房间里走出来。她的手里拿着一块抹布，很显然，她刚刚将我的房间打扫过了。我的房间总是干干净净的。我放下书包做作业，却意外地发现，我的日记本封面，有点湿湿的，一定是她刚刚翻看了我的日记。我生气地拿着日记本走出去，叱问她，是不是动了我的日记本？她嚅嚅地解释着什么。我听不清，也不想听清，我只想严正地告诉她，今后别乱翻我的东西。

那一年，我的同桌是个女生，我承认，我有点喜欢她。但我没跟她说过，我也不会在日记里记下什么。那时候，我的日记大多只是流水账。但我不喜欢妈妈偷翻我的日记，她总是像贼一样偷翻我的东西，我已经忍无可忍了。我借机爆发。

我再次从房间走出来的时候，看见妈妈在厨房里，一边做着饭，一边抹着眼睛。她看见了我，说辣椒太辣了。我知道她为什么抹眼泪。我的心情已经平复了，所以，我在心里对她说，对不起，妈妈。她没有听见，连声说，饿了吧，饭马上就好。

18岁，我考上了外地的一所大学，爸爸和妈妈送我到车站。我从爸爸手里接过行李箱，从妈妈手里接过背包，走进了检票口。回头看见爸爸和妈妈眼泪汪汪地站在人群的后面，向我挥着手。我的鼻子一酸，张了张嘴，在心里说了一声，爸妈，保重，我会想你们的。

30岁，今天，妻子和妈妈拌嘴了。妈妈是来帮我们照看小孩的。喂孩子吃米汤时，妈妈先用嘴唇碰了碰，感受一下米汤的温度，这一幕恰好被妻子看见了，妻子觉得这不卫生，妈妈认为，我们兄妹几个都是她这么喂大的。两个人就不愉快了。

我把妈妈拉到一边，准备劝慰一下她。妈妈却冲卧室努努嘴，轻声说，妈没事，你赶紧去安抚安抚她。我去卧室劝慰妻子，讲了好半天，总算把妻子安顿好了。我和妻子从卧室走出来的时候，妈妈已经做好了饭菜，让我们赶紧吃饭，她自己抱起小孩，到阳台上哄去了。看着妈妈的背影，我在心里说，妈，您受委屈了。

50岁，忽然特别思念老家的父母，我已经大半年没有回家探望他们了。于是，立即请了假，买上车票，直奔老家。母亲正在院子里，和老父亲一起晒太阳。确认是我回来了，老两口高兴坏了。母亲忽然想起了什么，问："又没放假，又不是星期天，你咋回来了呢？"我在心里说，我想你们了，就回来看望你们呗。话到嘴边，变成了，"我出差，正好路过，就顺道回来看看。"

62岁，老母亲没了。办完了丧事，亲朋好友都散了。我一个人坐在老宅的院子里，看着满院的桃花，灿烂盛开，那都是老母亲一棵棵栽下的。花开了，老母亲走了，忽然悲从心来，不禁老泪纵横，妈，儿子想你了哇。这是唯一说出口的，而早年就去世的父亲没机会听见，现在，母亲也听不见了。

这辈子，我在心里说过无数遍这句话，也在心里无数次说过对不起，说过我爱你，说过我想你。

我早该说出口的啊。

错过季节的西瓜秧

盛夏,我在棉花地里锄草时,发现了一棵西瓜秧苗。

这很不对头。这个季节,地里的西瓜,大多已经成熟了。没有人会在夏天栽种西瓜秧,不等它开花,以及结出西瓜,秋风就来了,寒霜接踵而至,它很快就会霜冻而死。但棉花地里这颗不知道从哪里跑来的西瓜子,还是发芽了。

我的锄头,在它旁边停下。我犹疑着要不要将它像其他杂草一样,锄掉。对棉花地来说,除了棉花株,其他的都是杂草,都理应被锄掉,好腾出空间和营养,让棉花株成长。我承认,我犹疑了两三秒钟,最后,我手中的锄头,围着那棵西瓜秧苗,转了一圈,我将它周边的土松了松,这样,它可以更畅快地呼吸和成长。我还将我喝的水,拿来浇灌它,那是父亲早晨为我泡的茶水,对一棵西瓜苗来说,可能苦了点,但这块沙土地的周围,没有水塘,我找不到更清的水了。我在弯腰浇灌它时,请它谅解,它摇了摇它的两瓣嫩叶,这也许表明它听懂了我的话。

我接着锄地。烈日当头,口渴难耐,我却将剩下来的水,都浇灌在一棵没什么希望的西瓜苗上了,但我一点也不后悔。一点口渴,我能够忍耐。黄昏,我锄完了棉花地,扛着锄头准备回家时,又跑回去找到那棵西瓜苗,蹲下来,看看它有没有什么变化，我欣喜地看到，它肯定比我第一眼看到它时，长高了有一厘米，或者更多一点。我告诉它，你慢慢长，我会常来看你的。

我说到做到，一没事，就跑到离村两三里地的那块棉花地，去看望那棵西瓜苗。那是我高考失败后的第一个夏天，别人都在等着大学录取通知书，我除了失落，无所事事。现在，除了帮父母做一些力所能及的农活外，我又多了一件事，就是去棉花地里，陪伴一棵西瓜苗的成长。我已经没有了希望，它在错误的季节里发芽，本也没啥希望，但我希望奇迹能在它身上出现，哪怕让它结出一颗这个世界上最小的西瓜。

每次去看它，我都会带上一杯水，只为它浇灌。剩下来的最后一口水，我才自己喝。我总是和它讲太多的话，口干舌燥，最后那口水，让我觉得特别甘甜。我相信它是愿意把最后一口水留给我喝的。不管我与它讲什么，它都从不反驳，很认真地听，这使我第一次有了倾诉的欲望。那段时间，我差不多将我这辈子的话，都讲完了。从来没有一个人愿意听一个失败者的絮叨，哪怕是我的父母，但它是个例外。当然，我一点也不想将我的坏情绪传染给它，我讲出我的失败故事，是想勉励它，快点生长，赶在秋风来临之前，开花，结果。

棉花地要反复锄。这本来是个很枯燥的活，但因为那棵西瓜苗，锄地成了我最乐意干的农活。而且，每次给那块棉花地锄草时，我都执意要锄那片地，我是担心如果被我的父母发现了它，他们一定会像锄掉任何一棵杂草一样，锄掉它。对农人来说，一株毫无希望的秧苗，跟一棵杂草，并无区别。

它成长得很快，藤子顺着棉地四处跑，藤梢特别嫩绿，还长着一些胡须一样的东西，碰到什么，就在上面打个结，站稳了脚跟，然后，铆足了劲儿，往更远的地方伸展。我见过父亲种西瓜，知道在适当的时候，要给瓜藤打头，以使它停止跑藤，而专心地去开花，结出西瓜。我几次想掐断它，终于没下得了手。天渐渐凉了，既然时间根本来不及了，何不让它自由任性地疯长一回呢。

在一个露水很重的早晨，我惊喜地看见，它竟然开花了，黄黄的小花，细碎，羞怯，仿佛一个误闯到这个世界的青涩少女一样。田地里从来不缺各色各样的花，但唯此一朵，让我泪流满面。秋风已起，寒露已重，我以为一切都来不及了，但它还是执着地开出了它的第一朵黄花。有很多花是在秋天盛开的，它本不属于这个季节，因而显得如此突兀，让整个秋天，也让整个田野，都措手不及。

它却没能给我更多的惊喜。几天之后，我和父母一起去棉花地里摘棉花，我兴冲冲找到了它，却发现，那朵花已经凋谢了，它的根，已经无法从土壤里，汲取更多的养分，它的瓜藤和叶子，也因为无法从阳光和空气里，摄取更多的能量，而慢慢变黄，枯萎。我知道它已经尽力了。我有点遗憾，但不伤感。相比于那些从未发芽，从未开花的瓜子，它已经是个奇迹。

那以后，我重回校园。我不知道我这一生，能否结出硕果，但我至少应该像那颗西瓜子一样，发一次芽，开一次花。

我在城市遇见了稻草

一场期待已久的大雪，骤降南方。

人们看到了久违的漫天飞舞的雪花，激动不已。雪落在地上，有的倏忽融化了，有的却慢慢堆积，随着气温下降，融化的雪结成冰。在短暂的兴奋之后，人们很快发现，道变滑了，路难走了，危机四伏，到处是花样摔倒的行人和追尾的汽车。

一块块草垫，像一片片巨大的雪花，从天而降，铺在城市的马路上，斜坡上，台阶上，人行道上，楼梯入口……在一切可能让人滑倒摔跤的地方，都铺上了草垫。

我一眼就认出来了，它们是稻草垫。

多么丑的稻草垫啊。黄黄的，土土的，粗糙、杂乱、不精致、没有美感，如果不是一场大雪，没有人愿意将干净漂亮的鞋，踏足其上，人们宁愿绕道而行。可是，现在，铺在雪地上的稻草垫，成了你脚下最坚实的依靠，走在稻草垫上，让你觉得从未有过的安全。它不是救命的稻草，但它有效地防止了你滑倒摔跤。

有那么多垫子，为什么人们会选择稻草垫？一个原因稻草是最廉价的，还有一个原因是稻草众多，当然，最重要的原因还在于，它耐磨、防滑、能忍辱、肯负重，宁愿自己被踏成草浆，也绝不滑动半步。它是值得信赖的。

城里不生长稻草，它们的家，在遥远的乡下。在它们被收割之后，不，准确地说，是稻被收割之后，承载它们的草，被扎成捆，运到了城里。有的做成了草垫；有的被做成短绳子，捆绑同样来自乡下的蔬菜；还有的进了造纸厂，被打成了纸浆。

如果它们不来到城里，在乡下，它们有更大的用途。

它是柴火。在农村，稻草并不是上好的柴火，它的燃点不高，不容易点着；火焰也不够猛烈，烧不出熊熊大火。但是，烧过农村土灶的人都知道，用稻草煮的饭，却是最糯最香的，它不温不火，不疾不徐，慢腾腾地把大锅里的米，煮熟、煮透、煮香。你要知道，那些稻米，与稻草曾经是一体，是人将它们分开，一半成了稻，另一半成了草，它们在厨房再次相遇，稻草用它最温柔最耐久的火焰和温度，将生米煮成了香喷喷的熟饭。"煮豆燃豆萁，豆在釜中泣"，那是文人骚客的想法，稻和稻草，都不这么想。

它也是牛的食物。春天和夏天，草木茂盛，牛自然更喜欢吃鲜嫩的草，但是，到了冬天，百草凋零，牛能吃到的，就只有稻草了。农人将牛棚里铺满稻草，一半是让牛御寒的，另一半是让它拿来当作食物的。牛困了，窝在稻草上暖暖地睡一觉，醒了，饿了，用舌头卷几根稻草，填饱肚子。牛劳作了一个春天，一个夏天，和一个秋天，只有在寒冷的冬天，才可以歇一歇。一捆稻草下肚，牛吃饱了，打个嗝，然后，把肚子里的那些稻草，再反刍一遍，就像一个人的回忆，一天就算过去了。

它可以做成稻草人，孤独地站在田野上，为庄稼守望；它可以织成草绳，结成草网，成为生活的帮手；它可以做成屋顶，以稻草做的屋子，冬暖夏凉，宜于居住；就算它被做成了草包，当洪水来临，它也是第一个跳下水，阻挡洪水，保卫家乡……

如果不是一场大雪，我不会在城里遇见它们——稻草。我看见它们，就像看见了我乡下的兄弟，粗糙，温暖，亲切。

我看见一幢高大气派的大楼台阶上，也铺上了一块块稻草垫，这些乱糟糟的家伙，显得与环境如此格格不入。不过，大雪让人们暂时忘记了它的低贱和丑陋，我看见衣着华丽的人们，以及几位快递哥和送水哥，都走在草垫上，这让他们感觉踏实和安全。

从窗户看到的巴黎

巴黎能被挡住的地方不多,你从某个地铁站钻出来,四周一看,激动得不得了:瞧,那不是埃菲尔铁塔吗?那不是凯旋门吗?

没错,那是它们,隔几条街,甚至十几条街,你都能远远地看到它们。你在巴黎的任何一个角落,能看到埃菲尔铁塔,或者一座方尖碑,那都不算什么稀罕事,毕竟巴黎到处都是古迹,处处皆景。

第三次来到巴黎旅行,我决定不再像以往那样,拿着导游图四处奔走了,我希望自己能从另一个角度,看一眼我似乎开始熟悉却依然陌生的巴黎。

行前,恰好看到美国女摄影师Halaban,做过的一个项目"Out of My Window",透过拍摄窗户记录人们的生活。她在巴黎街头拍摄了一个又一个窗户,不同的不是窗户的年代和形状,而是窗户里不同的人的生活。她将这些窗户照片出了一本书,叫《巴黎视角》,里面有一句话打动了我,"窗户里的生活是他们,也是我们。"

我忽然好奇地想,如果我就是某扇窗户里的人,我能看到怎样的一个巴黎?

这是我试图找到的另一个巴黎视角。

这一次的巴黎之行，我尽量不错过任何一次能从窗户看出去的机会，透过或大或小，或新或旧，或方或圆的窗户，看一眼窗外的巴黎。

当然，作为一名游客，我能找到的窗户其实并不多，但有三扇窗户，让我印象深刻。

一扇是丁香咖啡馆的窗户。塞纳河左岸，有很多咖啡馆，几乎每一家咖啡馆，都有自己的像咖啡一样深沉醇厚的历史和传说。这家1847年就开始营业的丁香咖啡馆，曾经是巴黎新思潮青年扎堆的地方。我靠着手机导航，找到了位于蒙巴那斯大街上的它。与许多咖啡馆一样，它也位于街头的转角，诗人、作家、哲学家和艺术家们，以及还没来得及成为大家的新思潮青年们，在这里一边喝着咖啡，一边探讨各自的立场和观点。我在它开业170年之后，莽撞地走近了它。很多人宁愿坐在一楼临街的屋檐下，喝一杯咖啡，然后，继续他们的旅程。我挑选了2楼的一个临窗的座位。这家咖啡馆，接待过左拉、塞尚和海明威等一大批大师名流，伏尔泰和卢梭也是常客。伏尔泰品尝了他今天的第三十九杯咖啡，也列好了法国王室不合理的第20条理由，然后，踌躇满志地走出咖啡馆，向右转去；而与他意见总是不合的卢梭，一口喝干了剩下来的半杯咖啡后，出门，向左转去。我从二楼的窗户看下去，正好看到转角，如果我能穿越时光，就能看到他们各自离去的背影，向着完全不同的方向。转角总是能给人不同的方向和选择。那些怀揣不同理想和信念的新青年们，在走出咖啡馆后，也往各自不同的转角，绝然而去。巴黎的很多房屋，都处于转角，通往不同的方向，那是一个人回家的方向，也可能代表了他们不同的人生方向。今天，我从古老的丁香咖啡馆的窗户，似乎可以一目了然。

另一扇窗户，位于巴黎圣母院南侧不远的莎士比亚书店二楼。从逼仄的楼梯走上去，穿过一个狭小的通道，你能看到这家著名的书店唯一的一扇窗户。它正对着巴黎圣母院，不过，你得弯下腰，以谦恭的姿势，才能看到圣母院的一角，以及绿树荫营下的塞纳河。我对巴黎圣母院的全部认识，来自雨果的同名小说，就像我之所以选择走进这家小小的书店，都是因为惠特曼、海明威、斯坦因等大作家。这家书店只卖英文书籍，一家开在巴黎的书店，却只卖英文书籍，在法语世界中站稳了自己的脚跟，而且成为巴黎的一个文化地标，可见文学的力量。

  我想与大家分享的另一扇窗户，是我在巴黎的临时住所——房东阿方斯的小公寓。这次巴黎之行，我选择了自由行，而且，住的不是酒店，而是在爱比迎网站上预订的民宿。从房东阿方斯的手中接过钥匙后，他的这座公寓房，就成了我在巴黎5天的家。我像个普通的巴黎人一样，每天早出晚归，自己做饭。最开心的事情，就是倒一杯红酒，站在窗前，往下看。我看到了什么呢？我看到老妇人牵着她的金毛狗，又出门遛狗去了；我看到那个背着书包的孩子，放学回来了；我看到一个青年，推着自行车，打开了楼道门……从这扇窗户，我以一个住户的眼光，看到了我的巴黎邻居们的日常生活。

眼里没有风景的人

一次,单位组织去贵州旅游。因为都是同单位的人,所以大家玩得很嗨,尤其是贵州的山水和独特的风情,让我们深深为之着迷。但有个人例外。

去爬山,他觉得没意思,爬得又累,看到的也无非是石头啊、树啊、亭子啊什么的,他一边喘着粗气,一边连连叹息,"没劲,没劲,这山还不如家门口的玉皇山,咱杭州的山,哪座没有深厚的文化底蕴?再说,还都不高,爬爬么,又轻松,又惬意。"

去玩水,他更觉得无趣,"这个湖有什么好玩的,不就是一潭水吗,能跟西湖比吗?我看西湖的随便哪个旮旯,都比它更文化,更俊美,更清秀,更迷人。穷山恶水,没意思透了。"

去逛古镇,他也没兴趣,才逛了几步,就后悔了,"什么破镇子,交通这么不方便,太落后了,那么辛苦地跑来,却啥看头也没有,房子又破又旧,好像连个名人故居啥的都没有吧?杭州的清河坊、小河直街、小营巷,哪个不比这个破烂的地方有历史、有来头、有魅力?"

那么,去看看民族风情表演,尝尝当地的风味小吃吧?他也是直摇头,"表演太没水准了,比印象西湖或者杭州宋城的表演,简直差十万八千里;小吃?天啊,还有比杭州楼外楼的小笼包子、片儿川更有滋味的小吃吗?"

去了一趟贵州,他的眼里,没看到一处风景,没尝到一点美味,也没感受到一点当地独特的历史人文情怀。一路上,只听到他的对比和抱怨,什么都要和杭州的比一比,好像他不是来旅游的,不是来放松心情,感受不一样的风景和风情的,而是专程来比较,来挑刺的。

我也工作生活在杭州,这个被誉为人间天堂的地方。杭州的山水美不美?当然美。杭州有没有历史文化?当然有。但是,这丝毫也不是贬低别处的资本和理由。同样是山,一地的山与另一地的山,定有不同的况味;同样是水,一地的水与另一地的水,定有不同的情韵。一个不能体味出其中不同的人,是看不到风景的。

其实不只我的这位同事,很多人像他一样,喜欢拿自己的家乡与别的地方进行比较,有的是抬高自己的家乡,有的则是反过来,贬低自己的家乡。曾经在黄山旅游时,遇到一对来自陕西的游客,站在光明顶上,他看到的,竟然不是黄山的石,黄山的松,黄山的云雾,而是他的家乡华山的险峻,华山的影子,这一比,让他觉得,黄山也没什么了不起,还没华山高峻,更没华山险要。末了,那对游客自豪而又悻悻地说:"千里迢迢赶来,黄山不过如此嘛。"

五岳归来不看山,黄山归来不看岳。这话对,亦不对。五岳固美,黄山虽奇,但别的山,哪怕是一座无名小山,其一树一木,一石一溪,必有其出众的地方,也必有值得人流连的所在,你没有体会到,是你没有用心去观赏,去倾听,去感受。否则的话,黄山脚下的人们,就没必要去周游别处的河山了。

眼里有风景的人,一山一水,一草一木,一径一亭,一池蛙鸣,一林鸟语虫声,无不是风景,无不令心神荡漾,因为他是带着一颗敬畏的心,融化在这自然的造化之中的。

你在半路上的感受是不一样的

与一帮朋友相约走徽杭古道。为免走回头路，我们决定兵分两路，一队从南侧的浙江省临安县马啸乡上，一队驱车直奔安徽省绩溪县，从北侧的伏岭镇走，约好了在中途的雪堂岭会合，住宿一晚，互换车钥匙后，再各自走完余下的古道。

我们几个人是从北侧上的。开车抵逍遥乡，过鱼川，入景区门，沿溪攀岩，拾阶而上，百余阶后，即达古道北门，"江南第一关"赫然而立。它是徽杭古道的第一站，也是这条古道最重要的关隘，乃太平天国时侍王李世贤率部于此，赞为天险而得名。在它的背面，刻着"徽杭锁钥"四个大字，一个锁字，一个钥字，其险，其要，尽在其中矣。站在关口，仰首眺望，但见群山巍峨，山势险峻，高峰巨岩，乱石嵯峨；向下俯视，峭壁之间，逍遥溪水细如练，若隐若现。一条崎岖、狭窄、面壁临崖的石板路，就这样蜿蜒夹峙其间，人只能低头、弯腰、侧身，艰险而过。

眼前的盛景，让我们惊叹、震撼。一代代被群山锁住的徽州盐商、茶贩，就是靠他们的双脚和双手，从这山壁之上，硬生生地走出了一条通往山外的艰难生路。清代大商人胡雪岩，年少时就是从这条古道上，肩挑背扛，走出徽州，进浙经商，闯出了一番天地。这是一条让人望而生畏，又令人无限神往的古道。

对我们这些走古道的人来说，当然是越险、越奇、越难，越能激发我们的热情。徽杭古道，无疑满足了我们所有的愿望。登逍遥岭，攀马头岭，踏磨盘石，过黄茅培,一路险要,一路奇绝,一路汗水,也一路惊叹。

傍晚,我们终于抵达雪堂岭。在一家几乎是建在峭壁上的农家旅馆,我们与从南侧上的队伍会师。

他们早就先我们到达了。

看着我们都一脸疲惫和兴奋,他们显得很平静,甚至有点无精打采。这让我们很意外。

我们迫不及待地与他们交流一路上的感受。我们这队,无一例外地对今天所走的这段徽杭古道,竖起了大拇指,赞不绝口。而他们那一队,个个都是一脸失望的样子,在他们看来,徽杭古道实在是徒有虚名,与以往走过的古道相比,乏善可陈。

这怎么可能?

他们说:"你们明天走走就知道了,平淡,无奇,无趣。"

我们说:"你们明天走走也就知道了,险绝,惊奇,有趣。"

第二天一早,互换了车钥匙,交代好了各自停车的位置,我们各奔东西,继续走另半程的徽杭古道。

这确实是无趣的半程,与昨天所走的徽杭古道比起来,你简直不敢相信,它们是同一条古道。虽然还是在群山里,虽然还是蜿蜒山路,但没有了峭壁,没有了断崖,甚至连乱石都难得一见,路越走越平,越走越宽,让你觉得自己不是挑战古道之难,而只是漫步某个山间小径。真的有点无趣。

忽然想到另一队人马,此刻一定已经被眼前险绝的徽杭古道惊得跳起来了吧。

又忽然想到,当年胡雪岩们肩挑背扛,艰难地走到这里的时候,一定擦干汗水,抖擞精神,望一眼前方,迈开大步了吧。

同一条古道,同样的行走,却可能是完全不同的心境和人生。

这样想着,我们轻松,且快乐地走完了剩下的路。

听不见的声音

老张久居闹市,某日,一起下乡踏青,入住民居,第二天晨起,脸颊浮肿,双目无神,哈欠连天。问故,答,整夜没睡好。又问,是不是太安静了,不习惯,所以睡不着?老张一脸郁闷,"安静?我是被吵闹了一夜,才没睡好的!"

被吵闹了一夜?这怎么可能?

老张说:"那么多声音,难道你们没听见?刚躺下,好像确实挺安静,岂止安静,简直可以说是万籁俱寂。我当时还想,今晚总算可以睡个踏实觉了。可是,没一会儿,枕头边就传来了细微的小虫子的叫声,先是一两声,试探似的,侧耳细听,声音越来越多,越来越杂,叽叽喳喳,抑扬顿挫,此起彼伏;后来,迷迷糊糊快睡着了,不知道哪家的狗,忽然吠叫不止,引得很多狗跟着一顿狂吠;下半夜,实在困极了,总算睡着了,没想到院子里该死的公鸡又打鸣了,隔一两分钟,就引吭高歌一声,接着,邻居家的公鸡也跟着叫起来,好家伙,全村的公鸡都叫了,跟大合唱似的,一直唱到天放亮。"

民居的主人笑了,"你说的就这些声音啊?天天都是这样,我们还真没听见。"

老张摇头说:"不是没听见,是这些声音也传到了你耳朵里,但你习惯了,就跟没听见一样。"

民居的主人点头附和,"你说得对,这就跟你们城里的夜晚那么吵闹,你们却能安然入睡一个道理。"他接着说,"每次进城,不管是住店,还是住亲戚家,我都睡不好。太吵了!关牢窗户,捂住被子,塞上耳朵也不行。汽车声、人声、喇叭声、电视声、手机声、半夜歌声、远处的机床声,还有不时从头顶上呼啸而过的飞机声,总之是各种声音,铺天盖地钻进你耳朵里。我一直纳闷,那么吵,你们城里人怎么还能睡得着?"

老张叹口气,说:"你说的这些声音,我们跟你习惯了鸡鸣狗叫声一样,也早就习以为常了,听不见了。"

想想,还真是这样。当你习惯了某种声音,某种环境,就算是噪声,也能充耳不闻。而寂静之中,哪怕是一声细微的虫鸣,哪怕是夜莺的婉转歌唱,哪怕是一根针掉到了地上,也会让你觉得,刺耳如雷。我一个朋友,家住在铁道边,每天晚上,都有几十趟列车轰隆隆经过,他照样睡得很沉很香,火车驶过时发出的"哐当哐当"如排山倒海般的声浪,就跟唱给他听的摇篮曲似的。

不是声音不在,是你习惯了,听不见了,或听不进了。

"跟你说了多少遍了……"这时,安静的书房外面,又传来妻子愤怒的斥责声,不知道这一次,她是在斥骂儿子,还是在指责我。我敲下这最后一行文字,然后就去认真地想一想,她跟我们说了多少遍的,到底是什么?

两棵树

堂伯的两个儿子,二十多年前,同时造了各自的房子。年迈的堂伯没啥好礼物送给他们,就分别送给他们一株松树苗。两棵小树苗,一样挺直,一样生机勃勃。

两个堂兄弟,高高兴兴地将松树苗栽种在各自的院子里,平时,两兄弟对老父亲送的小松树,也是呵护有加。两棵小树苗都成活了,茁壮成长。

前不久,我回乡探亲,顺道去探望这两个堂兄弟。坐在大堂哥家的后院里,满园绿色,生机盎然。尤其是一棵高大的松树,高三丈余,苍翠挺拔,主干虽还不够粗壮,但笔直向上,身姿绰约,在这满园的绿植中,其高度已无树木能及,卓尔不群。偶有清风吹过,高空中的枝叶们哗哗作响,似在报告着墙外的消息。我笑着问大堂哥,"这是不是堂伯送你的那棵松树?"大堂哥点点头,告诉我,这是父亲留给他的念想,所以,这些年一直很精心地照顾它。大堂哥指着松树说:"为了让它能长得更高更大,它下面的旁枝一长出来,就都被我修剪掉了。"大堂哥自豪地说,"它这才能长得这么高大,现在差不多是咱们村最高的一棵树了,它还会长得更高的。"

我忽然很好奇,不知道老二家那棵松树,长成什么样了?

于是，堂哥陪着我去老二家。老二家的院子，亦是花草茂盛，仿佛进了一座百花园。这几年，他们的生活条件好了，也有时间摆弄花草了。与大堂哥家不同的是，老二家的草木，大都茂盛而低矮，各呈姿态，造型迥异，一看就都是经过精心修剪、盘扎的。在这偌大的院子里，花木繁盛，我竟然没能一眼就找到想象中的那棵松树。老二指着西角说："在那。"顺着他的手指看过去，只见一棵像大伞一样的松树，静卧在草丛之上，它的高度只有两米来高，树干粗短、壮实、黝黑，茂密的枝叶，呈弧状披散开，一团一团的松针，层层叠叠，仿佛密集不化的心思。我诧异地看着老二，这真的就是堂伯送你的那棵树苗？老二点点头。我的眼前浮现出大堂哥家那棵高大挺拔的松树，不解地问："难道当初堂伯送你俩的树苗不是一个品种？"老二摇摇头说："是一样的，只是大哥希望它长得高高大大，所以，将它的旁枝都及时修剪掉了。而我不希望它长得太高，而更希望它长得茂盛一点，造型美一点，所以，栽下的第三年，我就将它的枝头打掉了，不让它再长高了，慢慢地，它就成了今天的形状。"

这太让人惊讶了。同样的树苗，在不同方式的呵护下，二十多年后，竟然长成完全不同的样子，呈现出完全不同的境界。一旁，陪同我的发小老张乐呵呵地笑着说："这两棵树，就跟你这两个弟兄一样，一个专注地长高，一个专注地茂盛，所以，结果才各自不同啊。"

我的这两位堂兄，老大办了企业，如今成了村里的首富；而老二似乎更在意生活，把小日子过得有滋有味，他成了乡亲们眼里一个懂生活的乡绅。时间就是这么慷慨，你专注地想让一棵树长成什么样子，它就会让树最终成为什么样的树。人亦如是。

城里的土

朋友新买了个房,一楼,带院子。如今在城里,能有个带院子的房,不多了。

拿到钥匙后,朋友做的第一件事,就是想将院子整一整,弄出一小块地来,种点蔬菜,养点花草,在城里做一回农民。一锹挖下去,朋友傻了,薄薄的,已经发蔫的草皮下,全是混凝土疙瘩、断砖、木渣、碎钢筋,以及饭盒、塑料啥的,原来院子都是垃圾堆砌而成的。朋友请了两个工人,挖掘了三四天,总算将院子表层的垃圾清理完了,见到了下面的黄土层。可是,问题也来了,院子成了一个坑,比旁边足足矮了三四十公分,必须找一些土回来填满。

上哪里去找土呢,这成了大难题。

在城里,你已经很难见到土了。你能见到的最多的土,叫混凝土,房子是混凝土盖的,路是混凝土浇的,地是混凝土铺的,在混凝土的世界里,能长出庄稼和其他植物的土地,几乎被完全覆盖,不能呼吸。鸟,或者风,将一粒种子随便往乡下的土地上一丢,种子就能成活,长成葱郁的绿来,哪怕是不小心丢在了石头缝里,它也能顽强地生根、发芽,因为,纵使是石头缝里,也多少是有一点点土的。只要有土,哪怕只是小小的一捧土,也是种子的窝,种子的家,它就能活下去。但是,城里不行,你将一把种子撒在地上,它们不是马上被车轱辘碾成粉末,就是在毒日头下,干枯而死,在水泥地面上轻飘飘地滚来滚去,成为水泥和钢筋们的笑话。

当然,城里也还是残存了一些土的,小区的花坛里,就有土;路边的隔离带里,也有一些土;街头的街心花园里,有更多的土。不然,那些花花草草,怎么活得下去?朋友扒拉开那些矮小的花草,试图挖一点点土出来,这才发现,其实也只是表层有一点点浮土,你用手往下一掏,不是挖到了一块砖,就是被碎玻璃割伤,这些土,与他家院子里清理出来的"土"是一样的,也是建筑和生活垃圾搅拌在一起的混合物。难怪这些花草,一个个都长得小心翼翼,它们的根在努力往下扎的时候,一定伤痕累累。别说这些小花草,就算你是一棵大树,你能在城里拥有的土,也是有限的,除了从乡下移植过来时,盘根自带的土之外,一棵大树的周围,亦必是混凝土围砌而成。当台风来临时,城里的树都只能靠钢管支撑保护,这不能怨它,它无法将自己的根,在城里扎得更深更牢啊。

朋友想到了远在城郊的公园,草木茂盛,亦必有土。那确实是你能在城里,与土亲密接触的唯一去处了,倘若在雨天,你又愿意赤脚的话,你的脚丫子,就能够感受到久违的泥土的润滑和芳香了。不过,更多的人似乎讨厌泥土,当漂亮的鞋子上沾了一点点黄泥巴的时候,他们就会狠狠地在草地上蹭来蹭去,就像他们一直在努力摆脱自己身上的泥土气一样。朋友在一个小土坡旁停下来,兴奋地扒开树叶和杂草,黑黝黝的泥土,散发着泥腥味,他情不自禁深深地吸了一口,第一次对泥土有了如此深厚的情感。如果不是急于找一些土,将自己的院子填满,他不会注意这些黑不溜秋或黄不拉几的东西,更不会爱上它。

朋友站起身,才惊讶地发现,他的身后,站着一名公园管理员。管理员已经留意他很久了,以为他是来偷什么珍稀植物的,当明白他只是想弄一些土的时候,管理员踌躇了一会,对他说:"如果你也像别人那样,只是弄一点点土,放在花盆里,种点花草什么的,我也就睁一只眼闭一只眼算了,但你想弄一院子的土,这肯定不行。"管理员指了指不远处的一个小坑说,"那里的土,就都是被一个个城里人偷偷弄回家,养盆景去了。"

朋友坐在公园的草地上,他已经绝望了,不知道从哪里去找来土,将自己的院子填平,好种上青菜、西红柿或辣椒什么的。现在,他的院子,就像一个坑,或像他的一个什么未了的愿望,等待填满。可是,在城里,上哪去找土呢?土,这个最土的东西,恍然成了城里最稀缺之物了。

他忽然想到了"坐"这个汉字,坐,不就是两个人坐在土上吗?他觉得,这两个人,一个就是此时此刻的他,那么,另一个人是谁呢?

我们未能坐在"土"上,已经很久很久了吧。

第 2 辑

The Second Volume

在爱的时候
拥有爱

你该明白,你未必能拥有一切,但爱的时候,拥有了爱,你就拥有了一切。

只想让你不要喊妈妈

早晨上班,同事小颖一脸灿烂。问有什么喜事?小颖喜滋滋答:"儿子送到他外婆家去了,小住一段时间。"

这有什么可喜的?

小颖头摇得像拨浪鼓,"你们不知道他有多烦,也不知道我有多烦他!"

小颖的儿子七八岁,天性活泼,放暑假后,因为没地方寄托,只能不时带到单位来,和妈妈一起上班。小颖在办公室一隅,给他弄了个小桌子,让他做做作业,看看书。小家伙却根本坐不住,经常跑到妈妈的身边,黏着她,按小颖自己的话说,她感觉自己就像一个知了,被这个浑身像口香糖一样的小家伙,给牢牢地粘住了。

她说,每天从睁开眼睛,就不停地听他喊妈妈,以致现在只要听到"妈妈"这个词,她就头皮发麻发炸。小颖幽幽地说:"你们难以想象,他一天会喊多少声妈妈。"而每一次呼喊,对她来说,都是一次折磨,一次受难,一次考验。

妈妈,我饿了。妈妈,我渴了。这是最好对付的,给他弄好吃喝的,就可以了。像大多数小家伙一样，他是个吃货，只要有吃的，喝的，都是美味。

妈妈，这个字怎么念？妈妈，这道题怎么做？这也不难应付，难不倒小颖，而且，小颖也很赞赏儿子的这个习惯，不懂就问，多好的学习态度。但是，如果一个字，他今天问了你，明天又拿来问你，过几天，又仿佛遇到了世界性大难题，郑重其事地将那个字拿来问你，你会不会有点崩溃？

当然，除了作业，小家伙还有更多的问题。妈妈，妈妈，为什么有的蚊子咬人，有的蚊子却不咬人，它们是好蚊子吗？妈妈，妈妈，天上的飞机为什么飞得那么慢，看起来还没有路上的小汽车跑得快？妈妈，妈妈，你快来看，地板上有一只蚂蚁，它是怎么跑到楼上来的呢，是跟我们一起坐电梯上来的吗？

只要听到连着喊两声"妈妈，妈妈"，小颖就知道，儿子一定是像哥伦布发现新大陆一样，又有了什么新发现，或者又有了什么新疑问。有些是小颖能当场解答的，也有很多问题，是她也弄不明白的，就只能向同事和万能的百度求救了。小颖半是无奈半是自豪地说："也不知道他的小脑袋瓜里，哪来的那么多稀奇古怪的问题。"

小颖说，只要听儿子喊"妈妈"时的语气，就能大致猜出，儿子喊她的目的了。如果是有什么收获，那"妈妈，妈妈"能一连喊很多声，每一声"妈妈"里，都带着无限的甜蜜、喜悦和骄傲，大呼小叫，仿佛要全世界都听到；如果是犯了错误，或者是有什么自己都觉得有点过分或无理的要求，喊"妈妈"的声音，就又小又细绵，仿佛一只做错了事的小猫，"喵喵"的叫声里，充满了底气不足的乖巧和怜爱；倘若是受了委屈，那"妈妈"的喊声就必定是惊天动地的。这是小颖最害怕听到的一声"妈妈"，那意味着，她又要使出身为母亲的全部能量和温柔，来抚慰儿子幼弱的心灵。

说完这些，小颖得意地一挥手，说："现在总算解放了，至少，接下来的这些天，我再也不用听到谁喊我妈妈了。"她说这句话的时候，就像华山的挑夫攀到了山顶，解下了背后沉重的筐篓。那份轻松，那份惬意，那份快乐，遏止不住地流露出来。我们都笑了。

晚上，浏览微信朋友圈的时候，照例看到了小颖的，这个几乎每天都在朋友圈晒孩子的年轻妈妈，今天的朋友圈是这样写的："你在家的每天，只想让你不要吵嚷着喊妈妈，可是，今天晚上，你第一次不在家里，听不见你喊我的声音了，忽然觉得家里空落落的……"

副驾驶位上坐着一个天使

搭同事的便车，搭他的车，我还是犹豫了片刻的。以前，坐过他的车，太猛，爱超车，喜欢在车流里钻来蹿去，让人心惊肉跳。遇到挡道的，还会骂骂咧咧。坐在他的车上，感觉自己就像一个沙袋，不得不承受着负面情绪的一次次撞击。

他发动车，起步。我不觉绷紧了神经，等待他突然加大油门，呼啸地冲出去。

竟然没有，而是缓缓起步。

从单位的门驶出，就是一个弄堂丁字拐角，路窄，视线又被挡住，过往的自行车和行人，常常被突然从弄堂里驶出的汽车，吓一大跳。同事开到拐弯处，停了下来，往左看看，又往右看看，确定没有车辆，没有行人，这才缓慢驶出。

这风格，一点也不像他啊。我对他说："真没想到，你现在开车变得这么沉稳了。"

他笑笑，冲我努努嘴说："边上坐着一个天使呗。"这……我有点丈二和尚摸不着头脑。他看出了我的困窘，笑着补充说："当然不是说你，是说我女儿。"

他一边开车，一边叙说着他和女儿的故事——

女儿上初中后，学校离家较远，每天开车接送女儿上下学，就成了他的任务。而在此之前，女儿很少坐他的车。

那天，去学校接女儿，早了点，女儿还没放学。他熄了火，坐在车里等女儿。他习惯性地掏出香烟，弹出一根，点着。他的烟瘾不是很大，但是，开车的时候，总喜欢叼根烟，他觉得这样特有型，而且提神。烟还没抽完，女儿放学了，从校门走出来，拉开车门，上了车。还没坐下，女儿就猛烈地呛了起来。女儿下了车，对他说："车里烟味太重了，我受不了，我不坐你的车了，我自己坐公交车回家吧。"

他赶紧打开车窗，扔了烟头。可是，车内的烟味一时哪里散得尽？他对女儿说："你等一会。"说着，将所有的车窗都打开，然后，在校门前的道路上，开车来回跑了两趟，这才勉强将车厢里的烟味消散得差不多。女儿不情愿地又上了他的车，回家。他说，自此之后，他再也没在车里抽过一次烟。他不能给女儿一个晴朗透彻的天空，至少不能再让她在自己的车里被烟熏。

也就是在他戒了烟后，女儿才肯从后排，坐到了副驾驶位子上。他说，从此，他的副驾驶位子上，就坐了一个天使。她改变了他。

一天，他接女儿放学回家。刚刚下过一场大雨，路面又湿又滑。

他专注地开着车。路过一个公交站台时，女儿突然一声叫喊："爸，你慢一点！"他本能地一脚刹车，车速慢了下来，他以为女儿看到了站台上的同学。女儿说："不！你没看到站台前有一大滩积水吗？你那么快地开过去，不是要将站台上等车的人，身上都溅湿了啊。"

他说，他其实是看到了那滩积水的，以前，碰到这种情况，他偶尔甚至会故意加速，让水溅得更高更猛，猝不及防的路人们的慌张表情，让他觉得刺激又好笑。今天，因为女儿坐在车上，他倒是没有故意加速，但也没打算减速或避让。女儿的一声喊叫，让他羞愧。他猛然意识到，女儿长大了。

从那以后，女儿像个指挥一样，不时提醒他。他越来越觉得，坐在副驾驶位上的女儿，像个天使。

"爸，有人要过马路，你就等等他嘛！"

"爸，路边蹲着一个小孩，你小心一点！"

"爸，你不要生气了，人家超你的车，肯定是有急事，你就让他先过嘛……"

他的路怒症，消了；他的好多开车恶习，改了；他的性格，也变得温和多了。他说，是坐在副驾驶位子上的女儿改变了他。天使在侧，你怎么好意思做个魔鬼呢？

被孩子影响的生活轨迹

我已经差不多10年,没有走进过麦当劳店了。

此前我常去。我常去不是因为我在那儿工作,也不是因为我爱吃麦当劳,不,我宁愿啃一块路边小店烤的大饼,也不愿意吃麦当劳的食物。但是,我儿子小时候特别爱吃西式快餐,离我家不远的这家麦当劳店,就成了我常带他去打牙祭的地方。路边靠窗的第二个座位,就是我们父子俩常坐的位子。他吃,我看着他吃。

最后一次陪他去吃麦当劳,是他初中一次考试后。自那之后,他也许隔三岔五还会去吃一顿,但不再让我陪着,而我自己,虽然经常路过,却再也没有跨进去过半步。路边靠窗的第二个座位上,偶尔也会坐着一对父子,像我和儿子当年一样,儿子吃,父亲看着他吃。

伴随着儿子的成长,我们的生活轨迹,也随之改变。

与大多数的孩子一样,儿子小时候,也特别喜欢去动物园玩。老家的动物园很小,动物不多,连狮子和老虎都没有,但儿子还是喜欢得不得了,每次我们带他去动物园玩,都像过节一样。后来,我们全家搬到杭州,第一次带儿子去虎跑的动物园玩,那么大的动物园,把儿子乐坏了,兴高采烈地玩了一天,傍晚,人家动物园要关门了，还恋恋不舍，不肯离去。因为儿子热爱动物，我们一家人出外游玩，不管到哪儿，动物园都是必去的景点。儿子上中学后，学业紧张，我们再也没有过全家出动，一起去动物园了。

儿子读的初中，在一处弄堂里，对面是一个很大的居民小区。从大路拐进去，一边是绿地，另一边是各种各样的店铺。因为离家远，每天都是我开车接送儿子。早上送他到校门口，他下了车，我就可以走了，晚上去接他放学，就比较费时间，因为我到了，他却未必下课放学，只能在校外等。干等无聊，便闲逛，闲看。边上的两家书店、一家文具店、两家小吃店、三家小卖铺，还有一家理发店、一家水果店、一家快餐店……我都非常熟悉，比我自家小区门口还要熟悉。整整三年，除了节假日，我天天早晨7点之前，准时把儿子送到这儿，傍晚5点准时来等儿子放学，我的身影，一次次穿梭在这个熟悉的弄堂，很规律，很频繁，仿佛会一直这样，永远这样。

三年之后，儿子初中毕业了，去读高中了。自那之后，我再也没有去过儿子初中的学校，以及那个弄堂。那个弄堂依然是热闹的，只是换了一茬人，又一茬人而已。

儿子上的大学，在成都。在此之前，我没有去过成都，甚至连四川都没有到过。儿子去报到，我和妻子都去了。与其说是我们送儿子去读大学，不如说，我们是趁机到四川旅游。虽然同样是第一次到成都，但儿子却像个老练的主人一样，领着我和他妈妈，看他们学校，游杜甫草堂，逛宽窄巷，那一刻，恍然觉得，儿子长大了。

在孩子的成长过程中，作为父母，很多时候，我们不得不围着他转。他喜欢去的地方，亦是我们乐意去的地方；他在哪个学校上学，我们就会像对待自己的母校一样，关注它爱护它；只要对他成长有助，我们甘做一切。

如果把我们的生活轨迹标注出来的话，你会发现，你的轨迹，其实就是孩子成长的轨迹；反过来，孩子的足迹，亦正是你反复踏足的地方。

前几天，偶尔路过儿子读的小学附近，校园依旧，梧桐树依旧，石板路依旧，十几年前的那一天，我就是顺着这个墙根，牵着儿子的小手，送他走进这所学校的大门的。我们的身影，都很久没有再出现在这里了。我仿佛依稀看见，石板路上，一个年轻的父亲，牵着他的孩子，走在梧桐树荫下，走向远方。

你和孩子轨迹重复的地方，是你的陪伴。陪伴越多，爱越浓。

一位父亲的"诅咒"

"我希望在未来的岁月中,你能时不时地遭遇不公。"

"我希望你尝到背叛的滋味。"

"我还希望你们时常感到孤独。"

"我祝你们偶尔运气不佳。"

"当你偶尔失败时,我愿你的对手时不时地会幸灾乐祸。"

"我希望你被人无视。"

"我祝你感受足够的痛楚……"

这是一位父亲,在儿子的初中毕业典礼上发表演讲时,对他的孩子,也是对所有毕业生说的一番话。与我们听惯了的或谆谆教导,或殷殷希望,或祝福祝愿不同,这位父亲,却祝愿他们遭遇各种不幸和磨难。这是一位父亲的祝福吗?简直都是刺耳的"恶毒"的诅咒。

这位父亲,是美国现任首席大法官。他是在新罕布什尔州的卡迪根山中学,参加儿子的初中毕业典礼时,代表家长发表的上述演讲。他为什么要如此"恶毒地诅咒"自己的儿子以及这些孩子们?

因为,他知道,他说与不说,在我们的一生中,这些不幸、坎坷、磨难和痛苦,我们几乎都不可避免地将遭遇到——

我们会遭遇各种不公。可能是不公正的待遇,也可能是不公平的竞争;可能是不公正的环境,也可能是不公平的标准。总之,纵然公正、公平、公义,已成为社会的主流价值观,但你仍然可能会不期然地遭遇种种不公。

我们可能会被背叛。最亲的人,可能在你最需要的时候,而背叛你;最好的伙伴,可能为了一己之利,而出卖你;最信任的人,可能在你的背后,狠狠地捅你一刀。这些背叛,无不令人伤心而绝望。

我们也难免失败。失败可谓人生的常客,没有人从未经历过失败。让人痛苦和绝望的,往往并不是失败本身,而是当你失败了,在最需要安慰、同情和鼓励的时候,别人却躲在一边指手画脚,幸灾乐祸,往伤口上一遍遍撒盐。

我们还可能被一次次忽视或无视。我们重要吗?我们当然重要,至少对我们的亲人是这样,至少我们自己以为是这样。但是,别人绝不会像你在意自己那样在意你,你会被冷落,被忽视,甚而根本就无视你的存在。

人生的痛苦更是避无可避,各种苦痛、各种无奈、各种失意、各种哀伤、各种痛楚,像皮肤一样,包裹着我们漫长的一生。相较于幸福和快乐,痛苦像个寄生虫一样,依附于我们的生命,欲罢而不能。

没错,人生在给我们带来幸福、满足和快意的同时,也给我们准备了足够的苦痛、磨难和不幸。你不能只选择其一,或者说,我们根本没有选择。这位睿智的父亲,不是要"诅咒"他的孩子,而只是有点"残忍"地将它呈现了出来。

当然,这不是他的目的,他的每一个"诅咒"后面,才是他真正的期望——

"我希望在未来的岁月中,你能时不时地遭遇不公。""唯有如此,你才能懂得公正的价值。"

"我希望你尝到背叛的滋味。""这样你才能领悟到忠诚之重要。"

"我还希望你们时常感到孤独。""唯有如此,你们才不会视朋友为理所当然。"

"我祝你们偶尔运气不佳。""这样你们才会意识到机遇在人生中扮演的角色,从而明白你们的成功并非天经地义,而他人的失败也不是命中注定。"

"当你偶尔失败时,我愿你的对手时不时地会幸灾乐祸。""这样你才能懂得互相尊重的竞技精神的重要。"

"我希望你被人无视。""唯有如此,你才懂得倾听他人有多重要。"

"我祝你感受足够的痛楚……""来学会同情。"

这就对了,我们承受了这一切,不是为了受苦受难,而是要明白,人生为什么要赋予我们这一切,而我们应该怎么做,才能不负社会,不愧他人,亦不枉此生。

你说实话，我不生气

问过一群学生，"当妈妈说什么话的时候，你觉得最恐怖？"

几乎一致的回答是，"妈妈要求或命令我们说实话的时候。"

为了让我们说出实话，妈妈总是先动之以情晓之以理，然后心平气和，甚至是和颜悦色地对我们说："你说实话，我不生气。"这是一句承诺，妈妈几乎所有的承诺，都是认真的，打算不折不扣兑现的。比如，她告诉我们，最爱的人是我们。还比如，她答应要永远爱我们。她总是说到做到，但这一句，多半会是个例外。

小时候，考试考砸了，惴惴地回到家，妈妈从你脸上的表情，其实就大致已经预见了端倪，不过，她还是不甘心，希望自己的判断是错误的，她故作若无其事地说："你说实话，到底考得怎样？我不生气。"

你小心翼翼地拿出了考卷，递给妈妈，眼神里满是张皇。妈妈接过试卷，一行行看下去，脸色越来越难看，呼吸越来越局促，像一只不断充气的气球，不可避免地爆炸了，"这么简单的题目，你怎么都不会做？我告诉你多少次了，怎么还是记不住？你长脑子是干啥的？"一顿臭骂。

如果这时候你胆敢反问她,"你不是答应不生气的吗?"就像一枚愤怒的子弹,没打着对方,反被击了回来,眼看就要打中自己了。这场面真是尴尬。不过,永远不要小瞧了妈妈的智慧,她总是有办法对付各种局面的,她理直气壮地吼道:"没错,我答应不生你的气,我不生你的气,我干吗要生你的气?我是生我自己的气,怎么生出你这样笨的孩子!"

妈妈不生你的气,而生自己的气,后果往往更严重。

随着年龄渐长,我们的秘密也越来越多,这让妈妈既好奇又焦虑,她希望掌握更多。她旁敲侧击地问:"你是不是喜欢上了你们班的某某?你说实话,我不生气,我不责骂你。"

这个某某,是你日记里的主角。你没想到,妈妈竟然对你的心思这么了解。感动之下,你和盘托出了内心深处的小秘密。妈妈听着听着,脸由红而白,由白而紫,终于不可遏止地迸发了,"你才多点大,就想啊念啊爱啊恨啊,羞不羞?臊不臊?"你又一次忘了,妈妈的"你说实话,我不生气",多半是不算数的。

你长大了,你独立了。你不常回家,也不常见到妈妈了。

春节回家,妈妈望着你身后,空荡荡的身后,让她觉得空落落的。她拉住你,心疼地说:"都掉头发了,都有白发了。"边说,边叹气,"跟你差不多大的,都做爸爸(妈妈)了。你怎么一点不着急?到底是为什么还没处上对象?你跟妈说实话,我不生气,我不怪你。"

你有的是理由:工作太忙,还没时间考虑;没碰到合适的;一个人也蛮好的……你解释了一大堆,可很显然,妈妈不愿听,也听不进去,她想要的结果其实只有一个:把另一半带回来。这比什么实话都管用,也比任何一条理由都有说服力。

"你说实话,我不生气""你说实话,我不骂你""你说实话,我不怪你""你说实话,我不难过"……从小到大,妈妈的"你说实话",如影随形。是我们假话说的太多吗?不是,是妈妈对我们的话,总是不信任吗?也不是。就像放飞的风筝,既希望它飞得更高,又总是担心它会断了线。我们有多少惹她生气的"实话",就有多少是让她不放心,让她担忧,让她永远牵肠挂肚的事情。

当她垂垂老矣,我们陪着她从医院走出,她瞅着诊断书,喘气,问:"你说实话,我是不是治不好了。我不……"顿了顿,她平静地接着说,"你放心,我不会倒下,我能受得了。"

可是,妈妈,请原谅我们对你说了那么多"实话",一次次惹你生气,不开心,但这一次,我们都没有对你说实话,虽然我们明知道谎言并不能留住你。多么希望你还能像以往一样,为此而生气,怒发冲冠,大声地,有力地说出:"不!"

妈妈都有自己的煎蛋方式

两个家庭组团旅游,住民宿。早起,两位勤劳的妈妈,开始做早餐。一个妈妈负责煎鸡蛋,6个人,6枚鸡蛋。煎好的鸡蛋端上了桌,另一位妈妈看了看,夸奖鸡蛋煎得真好,白而嫩。夸奖完,这位妈妈却拿来一个碟子,从中挑出3枚煎鸡蛋,笑着说:"我得再煎一下,因为我家孩子喜欢吃煎得老一点的鸡蛋。"

一会儿,这位妈妈将重新煎过的鸡蛋又端上了桌,这三枚鸡蛋煎得老多了,微微的黄,微微的焦,还浇了酱油。

男人和孩子们开始吃早饭了,他们各自吃着自己的妈妈或妻子煎的鸡蛋,有滋有味,很香,很满足。

不是两位妈妈煎鸡蛋的水平有什么高下,仅仅是因为她们煎鸡蛋的方式各自不同,而这又仅仅是因为,她们的孩子和家人,早已习惯了她们烹饪的方式和口味。

今年的辽宁电视台春晚上,一名主持人说,有一种味道,是所有人都认同的,那就是妈妈做的饭菜的味道。斯言精妙。妈妈们的厨艺不一样,做出来的饭菜的口味也自然各不相同,而在她的孩子和家人眼中,那一定是最难忘的,一辈子也改不了的口味。一个人,纵使品尝过天下大厨的手艺,也可能比不过妈妈日常做的一道最普通的菜肴。

那位将另一位妈妈煎好的鸡蛋重新回锅，再煎一遍的妈妈，不是嫌别人鸡蛋煎得不好，而只是因为，她的孩子和丈夫，喜欢吃煎得老一点的鸡蛋，他们已经习惯了。其实，她自己年轻的时候，也喜欢吃煎得嫩嫩的鸡蛋，品相好，又不失鸡蛋的原味。但是，她的孩子喜欢吃煎得老一点的鸡蛋，她的老公也喜欢，于是，再煎鸡蛋时，她一定煎得老老的，而不在乎这样煎的鸡蛋，是不是难看，是不是显示不出厨艺。如果家人不喜欢，煎得再好的鸡蛋，又有什么用呢？

因此，一位妈妈的厨艺，与其说是日久而熟练了提高了，不如说是她的家人慢慢改变了她的烹调方式和习惯。是家人，塑造了各自不同的妈妈的厨艺。一位深爱着家人的妈妈，她的厨艺永远没有高低之分，而只关乎她的家人。

每一位妈妈，都有自己的煎鸡蛋的方式，犹如每一位妈妈，都有自己爱孩子、爱家人的方式。方式不同，方法各异，但有一点是相同的，那就是她们对于家人无私的、执着的爱的本质。

无论是煎得嫩嫩的，美美的鸡蛋，还是煎得老老的，难看的鸡蛋，它都凝聚了一位妈妈深沉的爱。这就是为什么妈妈做的饭菜，永远是我们舌尖上最美的滋味。

孩子越孝，老人越"弱"

正在和老伙计们闲聊的老刘，手机响了，是他的某个孩子打过来的。老伙计们都练就了一个本事，只要听听老刘接电话的语气，就能猜出是他哪个孩子打来的电话。

老刘有三个子女，两个儿子，一个女儿，都在外地工作。孩子们经常打电话回来问候，但老刘接他们电话时的语气，是完全不同的。

"……我好得很！"语气铿锵有力，中气很足，如果是这样接的电话，肯定是他大儿子打来的。

"……我很好，你就安心工作吧，不要总惦记着我。"语气温和，态度坚定，这多半是接他小儿子或女儿的电话。

"嗯，感觉不好，背还是有点酸，难受哇……那个药啊，我一直在吃的，就是太难吃了……水果我也常吃的……"不用说，这是女婿打来的。每次接到女婿的电话，老刘的语气都是软绵绵的，很孱弱的样子，话也特别多。

有老伙计曾问他，为什么接到孩子们的电话，语气和态度完全不同？

老刘是这样解释的：三个孩子中，他和老大最不对劲，经常话不投机，在他看来，老大做人太圆滑了，弄得对家人也虚情假意，所以，每次接他的电话，他都干脆、简洁、有力，即使身体有什么不舒服，也不大愿意和他说。按老刘的话说，是说了也白说，反正也指望不上他。小儿子最小，是老刘中年得的子，老刘自然最宠爱，但是，他刚刚结婚不久，单位又很忙，压力很大，老刘不愿意因为自己而让他分心，所以，接到他的电话，老刘都会表现得一切都很好，让他安心工作，把自己的小家操持好。至于宝贝女儿，老刘也不希望她为自己担忧。反倒是这个唯一的女婿，每次打电话来，老刘都表现得既屏弱，又有说不完的话，用老刘自己的话来说就是，他这个女婿特别好，是他最大的欣慰，所以一接到女婿的电话，就特别高兴。

有一年，老刘需要动一个手术。在老家，医疗条件不行，也没人照顾，只能选择去某个孩子身边。大儿子在上海，条件最好，但老刘不愿意去；小儿子最远，老刘也担心他太年轻，根本照顾不过来。最后，他选择了到女儿身边。手术很成功，而最让老刘满意的是，女婿特别孝顺，也特别会照顾人，住院期间每天忙前忙后不说，出院后，每天都陪他在小区散步，陪他聊天，陪他打太极，老刘因而康复得很快，而且，因为有女婿的悉心陪伴，心情也特别好。

老刘说，也就是从那次起，他发现，自己对这个女婿变得特别依赖。自己哪里有什么不舒服，或者有什么想法，都特别愿意跟女婿唠唠，而女婿也总是非常耐心。这也就是为什么一接到女婿的电话，他的语气马上就变"软"了，人也变得"屏弱"了。

正所谓孩子越孝顺，老人就越"弱"。

人老了，心态和心智，反而越像个小孩了。"老小孩"身上也有"孩子气"。一个孩子，在父母面前，谁对他好，他就对谁好，老小孩也一样。谁对孩子悉心、细致、温柔，孩子就更愿意在谁的面前撒娇、邀宠，老小孩也一样。谁陪伴孩子的时间越多，孩子越依恋谁，老小孩也一样。谁越对孩子强势，孩子往往在谁的面前越倔强，老小孩也一样。孩子时而任性，老小孩也一样。孩子难免无理取闹，老小孩也一样……

你真把老人当孩子了，你就会发觉，老人一些看起来莫名其妙、不可理喻的举止，其实是可以理解的。因为他孤单，他不舒服，他恐惧，他才会变得孤僻、倔强、任性，就像你小时候一样。

而如果你就是老刘的女婿，当你听到老人虚弱不堪的声音时，你如何能不从内心油然而生照顾他、呵护他、体贴他、孝顺他的愿望呢？

孝的3种方式

回乡听到两个故事,都是关于老人的。

村头的张大爷,早年丧妻,一辈子过得艰难,唯一的儿子成家之后,生活亦不富裕。儿子在外打工,因为没有什么文化,干的都是低廉的体力活,供养他自己的一双子女上学读书,一家人过日子,已捉襟见肘。但是,每次从城里回来,他必定留一点钱给老父亲,不多,三五百。张大爷觉得儿子孝,村里人也夸奖张大爷的儿子,是个大孝子。

村另一头,住着李大伯。李大伯年轻时是个能人,家境殷实,三个子女也都很能干,全部进了城,个个有房有车。三个子女,出手大方,都是按月汇给老父亲生活费,少则七八百,多则一两千,但李大伯并不觉得自己的子女孝顺,在他看来,他们除了给他钱,什么也没留下。李大伯希望子女们能常回来陪陪他,但三个子女都很忙,忙到一年也难得回来看望老父亲一次。

都是给老人钱,一个是孝,另一个却是不孝。道理很简单,张大爷穷,需要钱,儿子虽然自己也生活不易,但不忘从自己捉襟见肘的生活费里,留一点钱给老父亲,这就是孝。李大伯不差钱,他需要陪伴,需要慰藉,钱对他来说,毫无用处。而子女们却以为给了李大伯钱，就是尽到了自己的责任，就是孝了，岂不完全违背了老父亲的意愿？

什么是孝顺？标准有很多，在我看来，其实挺简单：老人需要什么，你给他什么，满足他的需求，就是孝顺。

假若父母贫穷，失去了劳动力，没有了生活来源，买米买菜的钱都没有了，他们缺什么？缺钱。作为子女，无论你生活是否富裕，能及时地提供给他们钱物，让他们衣食无忧，不失尊严，这就是孝顺。

又若父母性格刚强暴烈，一辈子都改不了又硬又臭的脾气，孩子虽然都长大成人了，还是像对待小孩子一样，动辄动怒，生气，发脾气，横挑鼻子竖挑眼，怎么办？理解，就是最大的孝顺。理解父母几十年养成的性格脾气，理解父母年老体衰的无奈，也理解父母唯有在至亲的子女面前还能逞一时之勇。曾经看到一篇文章，说父母生气发怒时，不出声，就是孝。所谓不出声，就是不嘴上顶撞，不恶言相向，不恶语还击。

如果父母身体不好，或生病入院，能床榻前照顾起居，炖汤喂药，洗漱擦身，不嫌麻烦，不惧污秽，就是孝顺。有人父母病了，医药费一交，保姆一请，就以为万事大吉，觉得自己尽职尽责了。殊不知，患病的人，往往最需要的未必是医药，而是亲人的陪伴、守护、照顾和抚慰。钱不能代替你，医生护士不能代替你，保姆亦不能。

人老了，最大的敌人，往往不是日渐虚弱的躯体，而是内心的孤单、寂寞，以及对于疾病和死亡的恐惧。所以，几乎对所有的老人来说，最渴望的，就是子女的陪伴。这就是为什么一首《常回家看看》，能那么红，传唱大江南北。父母可以过最简朴的生活，甚至可以无惧生死，却不能忍受没有亲情的陪伴，尤其对独居的老人，常回家看看，儿孙绕膝，就是孝。

爱唠叨的父母，能常陪坐在他身边，听他絮叨，就是孝顺；行动不便的父母，黄昏时用残疾车推他出去走一走，看看家乡的变化，就是孝顺；一辈子没出过远门的父母，陪他坐一次飞机，乘一次高铁，看一看外面的世界，就是孝顺；心愿未了的父母，帮他实现埋在心底的心愿，就是孝顺……

孝，既简单，也难。简单是因为，父母的需求往往很微小，很容易满足；难是因为，你只有用心，才能明白父母真正需要的到底是什么。很多时候，父母为了不给子女添麻烦，而不愿直说，这就需要为人子女的我们，细心揣摩。你只有走进了父母的心房，才有可能尽孝，也才能体会人性的力量。

母亲的年历档案

年底前的几天,母亲一定要做两件事:买一本新日历,把旧日历上画的圈圈点点,一个不漏地转移到新日历上。

母亲用的,都是那种小小的、厚厚的老式日历,一天一页。过一天,撕一页,撕完了365页,一年就过去了,了无痕迹。

不知道从哪一年开始,母亲不再撕日历,而是在日历上面,放个夹子,过一天,往上翻一页,夹住。夹子夹住的,都是已经过去的岁月,从新年第一天薄薄的一页,到最后厚厚的365页,夹子张着大嘴,几乎夹不住了,一年就过完了。但日历还是完整的,半新的,好像可以重新来过一样。

日子过去就过去了,母亲虽然老了,忘性大了,但这个理还是明白的。她不肯扔掉旧日历,不是拉住旧日子不撒手,她还有一件大事要做,就是把旧日历上她画了圈的,做了记号的,再一个不落地移到新日历上,这是她独特的年历档案,这样,那些逝去的日子,才没有白过,而即将一个接一个到来的新日子,才有意义。

母亲不识字,她画的圈圈点点,以及一些抽象派一样的图画,没有人能看懂。一年中的一些日子,被母亲画上了圆圈,对她来说,那都是重要的日子。但都是些什么日子呢，除了母亲外，没人能明白。

每一年的新日历，总是会比上一年的日历上，又多出几个圈圈点点，那是母亲新的标注，年复一年，这样的圆圈，越来越多，看样子，母亲自己也不能完全分辨这些圆圈的不同了，从某一年的某一本日历开始，母亲在圆圈旁边，又加上了一些简单的图画：一个方块、一只碗、一个书包、一个扎辫子的小人，或者一个小房子什么的。

母亲从来没告诉任何人，她在日历上的这些标注，都是什么含义。但可以肯定的是，所有被她标注过的日子，对她来说，一定都是重要的日子，值得纪念的日子。

我一直惊诧于母亲的记忆力，她能够准确地记得我和妻子、儿子的生日，并在生日那天，打一个祝福电话。她也记得我是哪一年的哪一天结婚的，哪一年的哪一天从安徽搬到了浙江，从此开始了他乡的生活；她甚至能够记得，我的儿子也就是她的孙子，是哪一天去大学报到的，而那已是6年前的事情了，我早忘记了，儿子也不记得了，而七十多岁的老母亲记得。

我知道，这些日子，一定都在母亲的日历上，被标注过的。我诧异的是，她是怎么分辨的。那么多画了圈圈的日子，她该如何辨别出，哪一天是谁的生日，哪一天又是谁的什么纪念日？对一个不识字的老太太来说，这简直太难了。

但母亲从没出错。

她站在日历前，往上翻开一页，新的一天开始了。如果这一天，是画了圆圈的，留下记号的，那就是一个不一样的日子，她必须回忆出，这日子与谁有关，曾经发生过什么重要的事情。所有的旧日子，蜂拥着挤到她的脑海里，她想啊，想啊，终于，她想出来了，咧开没有门牙的嘴，乐了……

这是我想象出的画面。真实的情况是，母亲固守着老屋，孤单地过着日子，一天，又一天，挂在墙上的老日历，画了很多圈圈点点。

父亲去世10周年忌日那天,我和妹妹们回家。我无意间看到挂在墙上的日历,这一天竟然没有任何标注,是空白的。

怎么可能?这一天可是父亲的忌日,母亲怎么会忘记标注?

我好奇地翻出了母亲留存的那些旧日历,惊讶地发现,每一年的这一天,都是空白的,没有任何标注。

是母亲忘了,还是她至今仍然不相信,或者不愿面对这一天?

在爱的时候，拥有爱

坐在我对面的长者，侃侃而谈。聊到风起云涌处，长者忽然一声喟叹："老了，体力不支，精力跟不上了，不然，拿去实践、实施我现在这些成熟的、完备的念头和想法，我相信自己一定会闯出一番天地来，人生也必将精彩许多。"

我相信他说的话。以他现在风烛残年之状，别说做什么大事，连生活自理恐怕都日益艰难。但他年轻过啊！不但年轻过，年轻时还特别健壮，体能特别充沛，精力特别旺盛，仿佛永远有使不完的劲，发泄不完的精力。他拿这旺盛的精力做什么去了呢？按照他自己的说法，就是都瞎糟蹋了，几乎没有用在干正事上。

年轻力壮、体能充沛时，没有想法，如今想法很多，经验很足，却又没有体力去实施了。多少人生，就这样无奈地蹉跎了，耗尽了。

忽然想起美国演员玛丽莲·梦露的一句话："你可以拥有一切，但不能同时。"斯言善哉。

我们未必能够拥有一切，但纵使是个凡夫俗子，我们也一定拥有过很多，可以说，人间最宝贵的东西，我们差不多都拥有过，比如青春，比如健康，还比如亲情。而一个人是不是幸福，有没有满足，往往不是你拥有过什么，而是你是不是在最需要或最看重它的时候，恰能拥有它。

譬如父母的恩情与我们的孝心。作为人子，谁没有拥有过父母的养育之恩？谁没有享受过父母的抚爱之情？父母健在或健康之时，我们却往往忽视了他们的存在，总以为时间很漫长，他们能照顾好自己，我们也正可以趁着年轻的时光奔自己的前程，等我们事业有成，有空闲也有能力陪陪父母尽尽孝心的时候，愕然发觉，父母早已年老体迈，顽疾缠身，痴呆木讷，甚或已经撒手人寰。

你拥有过父母双亲，也不乏拳拳孝心，为什么却遗憾地未能尽人子之孝？如梦露所言，你拥有父母，也拥有孝心，可惜，你不是同时拥有了它们。

多少人间憾事，皆出于此啊。

有个人，从小就想周游世界。年轻时，没有足够的财力去周游，他拼命地工作，赚钱；人到中年，财力有了，却没有闲暇的时间去周游，公司需要他，家庭需要他，社会需要他；退休了，周游世界的资金有了，时间也有了，他依然没能完成小时候的梦想，因为，他痛苦地发现，自己的身体已经根本吃不消去长途跋涉了。

他拥有过梦想，也拥有过实现这个梦想所需要的物质基础和其他各项条件，为什么还是没能实现自己的梦想。原因很简单，他一直在等，等该拥有的都拥有了，等所有的条件都成熟了。他的故事告诉我们，如果你想做什么，赶紧去做，千万不要等"条件成熟了"，当万事俱备的时候，东风有可能不再，甚或已经变成西风了。

也不要总是抱怨你拥有的太少，你拥有的其实已经够多了，人生值得拥有和在乎的，或早或迟，你都拥有了。而你是不是幸福，不是取决于你是不是拥有，而是正确的时间拥有正确的事情。

如果你爱上了一个人，不要等你有能力买了房子，也不要等你所谓的事业有成，不需要任何条件，现在、马上、立即，去表白，去爱她，呵护她。

你该明白，你未必能拥有一切，但爱的时候，拥有了爱，你就拥有了一切。

不完美

他们的婚姻几乎是完美的,堪称典范。

这从他们的日常生活中,可见一斑。家里的一日三餐都是她负责,但她却从不买菜,她闻不了菜市场的味。每天一早,他就去菜市场买好菜。有时候,她会提醒他,买点什么菜,更多的时候,则完全凭他做主。一般人家,是谁做饭,谁买菜,因为买菜的时候,他的心中就盘算好了,哪个菜配哪个菜,荤素搭配,营养均衡。而他们家,是他买回来什么,她就只能烧什么。那么,会不会出现诸如烧鱼却没有葱姜蒜的尴尬?不会。因为,他虽然从不做饭,却对她烧菜的喜好,了然于胸,他买回来的,往往正是她想的。她做饭的时候,他也没闲着,她刚烧好了汤,他就将洗净切好的小葱,递上来,往锅里一撒,厨房里立即弥散开一股清香。你看看,是不是神配合,很完美?

每年,他们都会出去旅游一两次。与大多数人不同的是,他们几乎从不跟团,而都是自由行。所有的行程、攻略,都是她做的,但路上取票、找路、点菜、问人什么的,则统统都是他的事。倘若是自驾游,肯定是他负责"自驾",她只负责"游"。有一次,他们去俄罗斯自由行,两个人都不懂俄语,俄罗斯人英语又不好,交流成了大问题。为安全起见,他建议全程住酒店,但她嫌酒店贵,且不自在，于是照例预订了民宿。下飞机，坐地铁，导航导到居民小区附近，面对圣彼得堡居民区几乎一模一样的建筑，导航也失灵了，两个人像无头苍蝇一样，转到小半夜，才通过邮箱和翻译软件，总算与房东联系上了。半宿的折腾，她无怨无悔，他亦不怪不恼，笑把这看作是一次独特的经历。你看看，是不是神搭配，很完美？

他们都是完美的人吗？

当然不！不但不完美，在她眼中，他有很多缺点；而在他看来，她亦有诸多瑕疵。

在她眼中，他与很多男人一样，又懒又脏。刚结婚那阵，她最无法容忍的是，晚上他总是不洗脚就睡觉，尤其是半夜从单位加班回来，倒头就睡，偏偏又有脚臭的毛病，积攒了一天的臭气，熏得房间里的蚊虫都逃遁无形。为了根治他不爱洗脚的毛病，每天晚上，不管他什么时候回来，她都会帮他打好洗脚水，毛巾也放好，监督他洗干净了脚，才准上床。几个月下来，硬是把他不讲卫生的习惯给改过来了。而更重要的是，自此之后，她在准备洗脚水的时候，他也会帮她挤好牙膏。

在他看来，她虽然很勤快，但是，在自己身上，她却很少用心。与大多数女人不同的是，她过于素颜，过于随意，不但从不化妆，穿衣也是太不讲究，经常混搭得不堪入目，完全不像一般爱美的女人。有次，他临时参加一次聚会，正好她在身边，就一起去了。因为迟到了，他也未及向大家介绍。直到宴终席散，大家伙才知道她是他的夫人。一位交好的朋友事后跟他说："一直没机会见过嫂夫人，还以为那天你带来的，是你们家的保姆呢，招待不周，多有得罪。"

如果让他们来互怼一下对方，他们能像大多数普通夫妻一样，列出对方一长串的毛病或不足，但这一点儿也不妨碍他们成为一对让人羡慕的完美夫妻。他们享受着对方所有的优点和可爱之处，也欣然接受了对方所有的缺点和不足。他们也有不满和争吵，但他们总能在争吵中求同存异，并很快和好如初。

曾经看过一部美国电影《心灵捕手》，心理学家桑恩讲述了去世爱妻的一件糗事。他的妻子屁多，而且奇臭。有一次，睡梦之中，她突然放了一个屁，而且活活把自己熏醒了。她一脸茫然地问他："你放的？"他乐呵呵地点点头。接着，两个人继续相拥而卧。桑恩在讲述这个故事的时候，不像是在讲一件难堪的糗事，倒更像是在回忆一段温馨的浪漫时刻。

你不完美，我也不完美，但我们的结合却是最适合、最和谐的，也是最完美的，我想，这就是所有幸福婚姻的秘诀吧。

回放

有个朋友，装修了新房子，搬家前，夫妻俩一起去买家具。

别的家具很快都买好了，挑选床的时候，费了一些小小的周折，但也很快办妥了。付款的时候，卖床的老板娘笑眯眯地对他们说："看得出，你俩一定很和谐，很幸福。"

朋友好奇地问："何以见得？"

老板娘说："我卖了这么多年床，见了太多的夫妻，你选这个，我要那个；你喜欢这个，我看中了那个。往往挑着挑着，说着说着，口气就硬了，态度也变了，从商量变成了争吵，各不相让，越吵越凶，最后，床也买不成了，头也不回地跑掉了。"老板娘接着说，"你俩不一样。"

有啥不一样呢？老板娘给他们回放了他们刚刚挑选床的一幕——

老板娘对他说："我在向你们介绍的时候，你老婆一直在说一句话，只要你躺了舒服，你选好了就好。你老婆还说，你的腰不太好，喜爱硬一点的板床，所以，一定要你亲自试了才算数。"老板娘又转身对她说，"你老公一直在说，我老婆定。我老婆喜欢哪个品牌，看中了哪一款，那就是哪一款。你老公还说，你们家的大小事情，都是你做主，他都听你的。我知道他这话带点开玩笑，但我看得出，他很乐意听你的，也很享受听你的。"

老板娘指着一款床，对她说："最后，你挑选了这张床。"又转身对他说，"你亲自躺上去试了试，才确定了买下这张床。而我，就是从你们买床的过程中看出，你俩平时的生活，一定很和谐，很快乐，很幸福。"

事后，朋友说，要不是老板娘的"回放"，他还真没在意老婆说的那些暖心话，也没意识到，自己和妻子的关系，竟如此融洽，令人羡慕。

回放，能让我们看到，平常我们没有留意，或有意无意忽略了的细节。

有次朋友聚会，其中的一对夫妻，吃着吃着，忽然吵起来了。嗓门越吵越大，不可开交。在众人的劝说下，夫妻俩总算平静了下来。争吵告一段落，但矛盾并未了。女的说，这事都怪你。男的说，我啥也没说，啥也没做，吃得好好的，就听你开始唠叨，怎么反怨我了？

于是，俩人开始"回放"，事情的起由——

女的说："我只是夸赞了一句，老李的生意越做越大了，你就开始发脾气。"

男的说："我是说了，老李生意做得大不大，与我有什么关系？这句话哪里错了，就惹得你大发雷霆？"

这的确是他们争吵的缘由。他们的回放，似乎也没错。但在场的朋友们的回放，与他们的回放，并不一致，因为，他们各自漏掉了最重要的部分。

女的说，老李的生意越做越大了。说完，幽幽地看了身旁的老公一眼，嘀咕了一句，"你再看看你。"男的说，老李生意做得大不大，与我有什么关系？说完，愤愤地嘀咕了一句，"他生意做得大，你跟他去过好了。"

接下来，夫妻俩就像两个火药桶，彻底点爆。

同样是回放，自己的回放，往往会有意无意地遗漏掉最关键的部分，或者说，我们可能没有意识到，自己的某个不经意的言行，击中了对方，甚至是严重伤害了对方。

　　生活是我们自己的，我们完全不必太在意别人的态度和看法，但是，偶尔从别人的视野去看一眼自己，从另一个角度回放一下我们的生活，或能让我们更客观地看清自己吧。

人心是有眼儿的

我们都喜欢与实心实意的人交往，不过，人心并不总是实的，也不是密不透风的，事实上，它是有眼儿的。

它叫"心眼儿"。

心眼儿有大有小。心眼儿大的人，胸怀大、格局大、肚量大，能容天下难容之事，什么苦都能吃，什么委屈都能受，什么难都能忍，什么坎儿都能过，仿佛普天之下，就没有它不能包容的，也没有什么是不能穿它而过的。心眼儿小的人，就像细密的筛子，眼儿太小，能过的东西就不多。这个不能过，那个又放不下，结果必然是，把自己的心眼儿都堵死了，以致不能呼吸，沉闷而无趣。

心眼儿也有好坏之分。好心眼儿，就像春天的枝头，止不住地散发着鲜花的芬芳，给人帮助，让人开心，送人温暖。在人群之中，好心眼儿的人总是居多的，它们互释善意，你帮我，我助你，使人生向好。当然，好心眼儿也不是总办成好事，有的时候，也很可能好心眼儿偏偏办了坏事，帮了倒忙，添了乱子，但别的心眼儿，都会原谅它。坏心眼儿不一样，坏心眼儿犹如灯下的黑，又如黑中的蚊子，总是偷袭你，恶毒地咬你一口，不但吸你的血，还要把病毒传染给你。人们之所以特别憎恨坏心眼儿，就是因为它像个瘟神，从它的眼儿里，冒出来的，都是糜烂的毒气，防不胜防，而且对世道人心，具有极强的杀伤力。

人心人心，人皆有心，有心就有心眼儿。但心眼儿这东西吧，奇妙得很，也古怪得很，让人难以捉摸。想多了，容易变成小心眼儿。那就少想点吧。少想也不成，想少了，容易给人感觉是个没心没肺，没心眼儿的人。一直想吧，不停地想，又一不留神就成了死心眼儿。那干脆就不想了吧，似乎更危险，因为，你很可能成为一个不幸的缺心眼儿的人。

一个人心眼儿太多，什么事都要像嚼口香糖一样，颠来倒去地去嚼一嚼，想一想，是很可怕的。红楼梦里的王熙凤，心眼儿就贼多，人送外号"一万个心眼儿"。一个人有一万个心眼儿，眼睛眨一眨，就是一个鬼点子，你怎么能斗过他，又怎么敢相信他？与这样的人交往，你就不得不多一个心眼儿，不是让你弄出一万零一个心眼儿，那会让你自己抓狂。只要多出一个心眼儿就够了，这个心眼儿，是专门留来提防、对付他那一万个心眼的。

一个人喜欢另一个人，如果是打心眼儿里的，这个爱，就是无条件的，可靠的，能够天长地久的。这种情感，就像泉水从泉眼里汩汩地冒出来一样，永不枯竭。一个人若与另一个人玩起了心眼儿，就是一个十分危险的信号，心眼儿不用玩几次，感情就会亮红灯，所有的甜言蜜语海誓山盟，很快都如过眼云烟。

心就是个口袋，东西装得少的时候，轻灵、透气、旷达，它叫心灵；心灵所承载之物多了，就需要一个或若干个心眼儿，通通气，透透气，使心能自由地呼吸，它叫心眼儿；心眼儿太多了，弯弯绕太多了，总是在算计，它叫心计；一颗心算计了这个，又算计那个，算计了今天，又算计明天，算计来算计去，它叫心机。到了这一步，一颗心，差不多就算死了。

我希望自己的心，就像一支笛子，它的所有的眼儿，都是为了飞出婉转动听的音符。我希望我的心眼儿，也总是婉转动听。

做家务的时候

平均一下，我每天用于做家务的时间，约为2小时。

这个时间不算多，但我是个男人。

之所以要强调一下我是个男人，是因为在很多人的固有观念中，家务活那都是女人的事情，一个大老爷们，怎么能屈尊去干家务活呢？何况，每天还要花费长达2小时？

我在想，如果不是去做家务，这2小时，我会用来干什么呢？

多半会这样——

其中的1小时，拿来在沙发上继续"葛优躺"，看球赛，或者新闻，或者什么肥皂剧。每天，下班回到家后，沙发是我打发时间最快、最多的地方。换个姿势，换个频道，1小时就和另外若干个小时一样，了无痕迹地溜走了。

另外1小时，大约会分成两半，一半在外面，一半在家里。在外面的半个小时，遇到个熟人，站在路边闲聊几句，敬他一根烟，他再回敬我一根烟，一二十分钟就过去了；如果没遇到熟人，马路边扎成一堆看热闹的人，凑过去，半个小时甚至更长的时间，就没了。家里的另半个小时，打开手机，刷刷朋友圈，点七八个赞，半个小时就没影了。

如果把2小时全部拿去呼朋唤友，喝酒打牌，时间会跑得更快。

我拿回家做家务活了。那么，这2小时，我具体都做了些什么呢？

一大半的时间，我是用来做饭了。在家庭分工中，我负责买菜烧饭。这曾经让我备感羞辱，可以说，很长一段时间，我是带着愤懑、不满甚至是仇恨，走进厨房的。我咬牙切齿地切着菜，恼羞成怒地挥舞着锅碗瓢勺，做出来的菜，自然也是充满了怨恨的味道，让人难以下咽。直到有一天，儿子奶声奶气地说："爸爸，你高兴的时候烧的菜好好吃。"那天我是哼着歌做饭烧菜的，那天我做的菜，儿子觉得特别好吃，妻子也觉得特别好吃。我忽然明白了什么。自此以后，我都是开开心心地走进厨房，哼着小曲洗菜、做饭、烹饪，直到今天。

我还负责拖地。这算是个体力活，20分钟拖下来，往往汗流浃背，宛如一场运动。没错，我将它视为每天必不可少的一次健身运动。当朋友圈里很多人在晒今天走了多少步的时候，或者开着车去健身房流了多少汗的时候，我在家里拖了120平方米的地，相当于脚走了5000步，胳膊挥舞了800次，腰扭转了300次，脖子上下左右转动了200次。

家里的两辆车，也是我洗的。每周各洗一次，耗时2小时。洗车时，我喜欢把车载音乐打开，一边洗擦，一边听音乐，这可谓我的音乐时光。

此外，我还每天出去遛狗0.5小时，这算是我的户外踏足。

剩下来的家务活，基本上是妻子的任务了。当然，如果我闲着的话，我也愿意帮她将搓洗干净的衣服，晾晒一下，就像很多时候，我在烧饭时，她也乐意帮我择择菜，或者剥几颗大蒜头一样。

这就是一个男人的家务活清单。它每天花掉我2小时，这是很惊人的，如果每天都这样的话，我生命的1/12，就耗在家务上了。它值得吗？

是不是值得，这是很多人不愿意将时间和精力花在家务活上的一个重要理由，我只能给出我的答案——当我在做家务活的时候，我是快乐的：做饭是我的唱歌时间，拖地是我的健身时间，洗车是我的音乐时间，遛狗是我的户外时间。而最重要的是，因为我的付出，家变得整洁干净了，家人回到家就有热腾腾香喷喷的饭菜，连狗都是开心的，我觉得这与我在外辛勤地工作、挣钱、打拼，对这个家的贡献是一样的。

如果你把家务活视作生活的一部分，家的一部分，你会发觉，你为家，为家人，为生活做的每一点，都是值得的，也是快乐的。

妻子的家人群

妻子喊:"我在家人群里发了个大红包,你快去抢啊。"

忙问:"哪个家人群?"

厨房里再次传来妻子的喊声:"陈家大院!"

妻子姓陈,"陈家大院"是妻子建的一个家人群。这个群里,包括了岳父母、妻弟一家三口、妻妹一家两口,还有我们一家三口。一共10个人,妻子每次发红包,却只发9个,让最后一个人空手。妻子说,就是要鼓励每一个家人,像常回家看看一样,常到群里转转,随时抢红包。

这只是妻子建立的若干个家人群中的一个。

"陈家大院"之外,还有一个"陈家小院"。既是小院,就不是谁都能进得去的,我没这个资格,连儿子也不够格。这个家人群里,只有岳父母,加上妻子姐弟三人,这是妻子的原生家庭。

妻子建的最早也是最小的一个家人群,叫"三足鼎立",是我们一家三口组成的一个群。妻子刚建这个群的时候,儿子在北京读大学,妻子自己在四川做志愿者，我留守杭州，三个人，三个地方，呈三足鼎立之势，这个群，如房子一样，给了我们一家三口一个新的穹顶，热闹而温暖。我们一家人之间说话，基本上都是在群里，比如妻子要和儿子说什么话，就从不用私聊，而是直接在这个群里说。我们也都一样。这是那段特殊时期，我们一家三口的一个特殊的家，天天厮守在一起，仿佛从来就没有分离一样。因为这个群的存在，现在我们一家人需要讨论什么，也还是习惯先在群里表达，聊到激动处，不当面不足以清晰表达自己的主张时，再辗转到现实世界，从各自的空间里齐聚客厅，继续热烈的讨论。

妻子拉的最大的一个家人群，达数十人之众，它囊括了我和妻子两方所有的家人和亲戚，妻子给它取了个很中国的群名"四合院"。这个群虽然大，却不是最热闹的，平时大多寂静无声，只有哪家要办什么大事了，或者遇到重大的节假日，群里才会骤然热闹起来，道贺声祝福声声声入耳，七大姑八大姨人人可爱。

在这些群之外，妻子还拉山头一样，建起了一个个专有的家人群。一个是巾帼群，群里都是家人亲戚中的女性，估计这个群里聊的，多是主妇们厨艺、家居、美容、养生什么的吧，但一旦哪个群友在小家里受了什么委屈，拿到群里来一倾诉，获得的支持将是巨大的，现实中对某男子汉的声讨也必将接踵而至。

妻子最在意的一个群，则是她为我们这个大家庭里，所有的下一代拉的一个家人群，这个群里，有我的儿子，我们共同的三个外甥、两个侄子、三个侄女，以及他们中已经成家的另一半。她用苏格拉底的一句名言，为这个群取了个高大上的名字，"未经审视，有负此生"。这个最年轻的群，也是我们这个"四合院"大家庭最大的希望所在。

我一直好奇，她为什么要分建这么多小群，拉一个家人群不就可以了吗？大家齐聚在一起，有福同享，有红包同抢，其乐融融，多么美好。

妻子笑而不语，拿起手机，面带笑容，点进了某个家人群。不知道她又是"巾帼群"主持公道去了，还是去"未经审视，有负此生"撒播希望的种子了，抑或是又恋恋不舍拐进了"陈家小院"？

可以肯定的是，每个家人群，都是她的家，给她温暖，也让她牵挂。

宝贝,今天你做主

"宝贝,今天你做主。"生日这天,爸爸妈妈对小微说。这一天,爸爸妈妈还特地请了假,要好好陪陪小微,并约好了,今天都听小微的,一切由小微做主。

爸爸说:"先挑个生日礼物吧。你想要什么,爸爸妈妈都满足你。"

小微歪着头问:"真的吗?"

爸爸点点头,"当然。"

小微想了想,说:"我想养一只小狗,你们能帮我买一只宠物狗吗?"

爸爸愣了一下,扭头看妈妈。妈妈连忙摇头,"这可不行,我最讨厌狗了,掉毛,还喜欢咬东西,每天还要遛,太麻烦了。"

妈妈柔声细语地对小微说:"宝贝,养狗有什么好,它要是疯了,还会乱咬人。我们换个礼物吧,多贵都没关系。"

小微撇撇嘴,又想了想,忽然兴奋地说:"我想要一个和小明哥哥一样的滑板车。"

滑板车？哦，好……爸爸正支吾着，妈妈一把将爸爸拉到了一边，低声说："那东西多危险啊，你忘了，上次邻居家的小海，就是玩滑板车摔断了胳膊。"

爸爸说："滑板车嘛，好是好，不过，那是男孩子的玩具，危险，我们小微是公主，咱们要高雅一点的礼物，好不好？"

妈妈连声附和，"对，对，高雅的，贵重的。"

这时候，门铃响了，是送货工，问："这是某某家吗？我们是某某琴行的，你们上星期预订的钢琴到了。"一阵手忙脚乱。

在客厅一隅，钢琴安置好了。崭新的钢琴，散发着精致的光芒。妈妈激动地说："小微，这是爸爸花了2万多元钱，送给你的生日礼物，喜欢吗？"

"不，我不喜欢弹钢琴，我不要学钢琴。"小微嘟起了嘴巴。

"宝贝，没事，今天我们不去老师家上钢琴课，这只是我们送给你的生日礼物。"

爸爸接过妈妈的话茬，"好了，礼物已经收到了，现在，我们出去玩吧。"说着，一把抱起小微，笑眯眯地问，"宝贝，你想上哪儿玩？"

一听可以出去游玩，小微可高兴了，"我要去野生动物园玩。"

"好的。"爸爸满口答应。

妈妈又连忙将爸爸拉到了一边，从包里掏出三张门票，"你忘了？"爸爸瞥了一眼，想起来了，这是上次参加一个活动，获得的三张海洋世界的免费门票，明天就过期了。本打算今天带孩子去玩的，没想到，小微选择了去野生动物园。

爸爸蹲下，看着小微，说："宝贝，我们商量一下，野生动物园太远了，我们换个地方好不好？"

小微不情愿地说："那就去儿童公园吧。"妈妈也蹲下身，说："儿童公园你都去过好多趟了，换个地方吧。对了，海洋世界怎么样？我们去海洋世界吧，那里

107

面可好玩了。"

从海洋世界出来，到了用餐时间，一家三口，肚子早都咕咕叫了。

妈妈说："宝贝，今天你过生日，想吃点什么？我们都听你的。"

"我要吃肯德基。"小微脱口而出。

"这个……宝贝，是这样的，洋快餐都是垃圾食品，对小孩身体不好的。"妈妈说，"我们换一个地方吃饭，好不好？"

"那，我想去那家店吃。"小微手指的，是一家甜点店。

"不好，宝贝，吃甜点会发胖的，还会蛀牙。"妈妈连连摇头。

忽然，妈妈激动地说："宝贝，我们去那家老字号面食店吧，今天你是小寿星，要吃长寿面的。"

小微说："可是，我不喜欢吃面条。"

妈妈说："今天是你生日啊，生日都要吃面条的。"小微不情愿地点点头。面食店内，一家人坐定，老板拿了菜谱过来，为他们点餐。

爸爸说："我来一碗牛肉面。"

妈妈说："我要一碗素面。"

老板最后看着小微，"小姑娘，你想吃点什么？"

妈妈说："给她一碗片儿川吧，她最爱的面。"

小微看看妈妈，又看看老板，坚决地说："不！我想吃炸酱面。"妈妈尴尬地看着小微。

老板问："要加点辣吗？"

"不要加，她还是个小孩，不能吃辣的。"妈妈赶紧插嘴说。

小微轻声说："可我想加一点点辣的。"说着，看着老板，有点怯怯地问，"可以吗？"

老板笑了，"当然可以，听你的。"爸爸妈妈还想说什么，终于忍住了。

目送老板走向后厨，小微露出了笑脸，开心地说："他听我的，终于有人听我的了。"

不是每一个"对不起",都能得到一个"没关系"

一个晴天霹雳让他傻眼了,他投资的虚拟货币折损过半,原本准备拿来为即将上学的女儿买学区房的钱,转眼打了水漂。

他是背着妻子,将这笔钱拿去投资的。眼看着虚拟货币直线飙升,一日一价,身边的不少人都因此而发了财,他终于挡不住诱惑,偷偷将买房的钱,全部挪去买了虚拟货币。原指望能在短时间内大赚一票,孰料自他买进后,虚拟货币直线下滑,几近腰斩。

钱亏了,学区房没了,他无比心疼,无比懊悔,至于妻子那儿怎样交代,他倒不是特别担心,因为妻子特别通情达理,只要哄哄她,跟她多说说好话,软话,多讲几声"对不起",她的气头就会烟消云散。结婚这么多年,他跟妻子讲过无数次"对不起",最终都一次次得到了她的"没关系"。在外应酬晚了,回家哄一声"对不起",她就原谅了;犯浑了,撒泼了,无理取闹了,事后跟她说一声"对不起",她的气慢慢就消了;哪怕是做了一些不该做的事,理亏、心虚,只要多讲几声对不起,多赔几个不是,她也都一再原谅他,宽容他。他相信,这一次,也会与以往一样,只要好好哄哄她,表白一下自己的出发点是好的,对她的爱是真诚的,对这个家是负责任的,她就会一如既往地谅解他。

回到家，他拐弯抹角、小心翼翼、动之以情地向她讲述了自己多么希望能赚大钱、赚快钱，让家庭早日脱贫致富，最后，才告诉了她实情：准备买学区房的钱，都被他偷偷拿去买了虚拟货币，巨亏，而且被套牢了。不过，虚拟币行情向好，总有一天，还会涨回去的。然后，就是声泪俱下地请她宽宥，一声接一声的"对不起"。

她一直安静地听着，当终于明白，他们积攒了这么多年准备给女儿买学区房的钱，事实上都已经打了水漂时，她紧咬的嘴唇颤抖了一下。但她并没有爆发，没有歇斯底里，也没有他期盼的"没关系"。第二天，她平静地将一纸离婚协议书，摆在了他的面前。这一次，她选择了不再原谅他，不仅仅是因为他投资亏损，而是他又一次欺骗了她。她决计不再轻飘飘地说"没关系"，是因为之前他太多的"对不起"，已让她心灰意冷。

不是每一个"对不起"，最终都能得到一个"没关系"的。

有的"对不起"，是无心犯错，这样的"对不起"，往往很容易得到一声大度的"没关系"。

有的"对不起"，后果不大，危害不深，这样的"对不起"，只要是诚恳的、发自内心的，也不难得到一声"没关系"。

有的"对不起"，既是对之前错误的认识，也是一个承诺，保证今后不再犯类似的错误，知错能改，善莫大焉，这样的"对不起"，自然也可能博得对方的原谅。

但是，"对不起"不是挡箭牌，不应成为一个人犯错的盔甲；也不是所有的过错，一声"对不起"就万事大吉了。就像墙上一旦钉过钉子，就一定会留下痕迹一样，每一个"对不起"，都会或多或少地留下痕迹和阴影，只是别人的大度、宽容，像弥合剂一样，消弭了那些痕迹和阴影，重新和好如初，仿佛什么都没有发生罢了。

别人的"没关系"，更不是你可以继续犯错犯浑的借口，不能因为别人很容易就表示"没关系"了,你就真的以为啥事没有,天下太平,甚至可以一而再、再而三地去做对不起的事。事实上,很多"没关系"其实是有关系的,它或多或少地制造了矛盾或伤害,使原本和谐的关系有了罅隙,生出隔阂,当"对不起"太多太频,矛盾日积月累,它就一定有爆发的那一天,到了那时候,关系可就大了,乃至无法收拾。

真正"没关系"的,是不要有"对不起",不要欺骗,不要犯错,不要伤害。

后怕是什么怕？

一对中年夫妇，打算单枪匹马，开着他们那辆已经10多年的老旧普通私家车，自驾川藏线。这想法立即遭到了众亲友的反对，认为只有两个人，一辆车，还是辆老爷车，就敢闯川藏线，太危险！但中年夫妇还是义无反顾地去了。历时20多天，他们顺利自驾完了川藏线，一路上，他们在朋友圈发了大量的照片，风景绝美，人更是天天开心得不得了。

这趟经历，成了他们宝贵的财富。不过，事后每次与人谈起那段惊险又刺激的经历，除了激动和亢奋之外，他们都会加上一句，想想真后怕，一路上就我们两个人一辆车，要是半途车坏了怎么办？生病了高原反应扛不下来怎么办？路上遇到意外怎么办？

什么是后怕？事情过去了，回头想一想，越想越怕。这就是后怕。

后怕是勇敢者的怕。遇事，临危，不害怕，照样浑身是胆，勇往直前。待事情解决了，危险解除了，回头一想，事情那么难，处境那么险，自己当时竟然还能够不动声色，毫无畏惧，真是连自己都佩服自己。

后怕是幸运的怕。不管是处险不惊，知难而上，还是糊涂胆子大，稀里糊涂就冲上去了，一个人还有机会后怕，说明他总算闯过了风雨，蹚过了雷区，最终成功抵达了安全的彼岸。所以说，后怕是幸运者的怕，是事成之后的心有余悸。

后怕是真的怕。有的人胆小甚微，什么事都畏首畏尾，瞻前顾后，这样的人，往往成不了大器。也有的人，勇敢，或者冲动，什么事都敢做，什么情形都不惧怕，总是一副天不怕地不怕的样子。等事情过去了，或者头脑冷静了，回头一想，哎呀，当时真危险，真恐怖啊。于是，害怕了，且越想越怕。这个怕，是后怕，也是真的怕了。

怕，不是一个好的心理体验。能让人害怕的，很多时候，不是事情特别艰难，就是情形特别危急，人在这时候很容易心生恐惧，甚而退缩。而能让人后怕的，往往情形越加艰难，或越加惊险，只是身临其境的人，当时并没有察觉，或凭借坚强意志将它克服罢了。

没有人会从不害怕，永不畏惧，这个世界，总有什么人，或者什么事，或者什么境况之下，会让你觉得害怕。有所怕，一个人才会心存敬畏，懂得收敛，有所为有所不为；但什么时候都小心翼翼，胆小怕事，前怕狼后怕虎，就会错失很多良机，最终一事无成。所以，没有什么怕，一定是可耻的，也没有什么不怕，一定是勇敢的。

遇事时不怕，才会勇往直前；事情过去了，想想而后怕，才会在下一次再遇事时，不但不怕，还能够周全考虑，既完成棘手之事，解危险之情，又确保自身的安全。

后怕，也是怕，是内心深处的怕。但这个怕，不是让人恐惧，从此畏首畏尾裹足不前，而是让勇敢者更勇敢，也更智慧的"怕"。

幼儿园里皆朋友

读吴冠中的文章《孤独是人的本分》，里面有一句话："好鸟枝头皆朋友，幼儿园里皆朋友"，猝然被击中。

朋友是什么？朋友又在哪里？幼儿园里皆朋友，斯言善矣。

为什么幼儿园里都是朋友呢？让我们来看看——

一个孩子，背着小书包，蹦蹦跳跳上幼儿园去了，在路上，他看到了另一个小孩子，他冲她笑笑，她也笑笑，两个人就是朋友了。

一个孩子，向另一个孩子友好地伸出手，另一个孩子想也没想，也伸出了他的手，两只小手紧紧地拉在了一起，两个人就是朋友了。

一个孩子的玩具掉地上了，另一个孩子将它捡了起来，交给那个孩子，两个人就是朋友了。

一个孩子拿出自己心爱的玩具，给另一个孩子玩，两个人就是朋友了。

一个孩子将自己的零食，分给另一个孩子，两个人就是朋友了。

一个孩子不小心弄疼了自己，哭了，另一个孩子用自己的手绢，帮他擦眼泪，两个人就是朋友了。

一个孩子与另一个孩子，分配坐在一张桌子上，两个人就是朋友了。

一个孩子与另一个孩子，在队伍里站在一前一后，两个人就是朋友了。

两个孩子发生了小矛盾，但他们很快就和解了，两个人就是朋友了。

游戏时，一个孩子拍了拍对面孩子的手，两个人就是朋友了。

睡觉时，两个孩子的床挨在一起，头对着头，两个人就是朋友了。

放学时，一个孩子看到了另一个孩子的家长，高兴地喊，"瞧，你爸爸来了。"两个人就是朋友了。

两个孩子的家相距不远，一起放学回家，两个人就是朋友了……

甚至不需要任何理由，一个孩子，与另一个孩子，就成了朋友。

没错，对孩子来说，成为朋友，就这么简单，就这么自然，就这么任性。

而当我们长大了，却惊讶而无奈地发现，朋友变少了，尤其是真正的朋友，越来越稀缺了，为什么会这样？

那是因为，长大之后，我们都变复杂了。孩提时代，那种简单的友谊，那种单纯的快乐，那种没有利害冲突不图任何回报的关系，淡漠了，没有了。

小时候，我们都亲切地唤做小朋友；长大成人了，我们结交的五湖四海的朋友，那叫社会关系。而关系，又总是被派上各种用场。

幼儿园之外，就没有朋友了吗？当然不。真正的友谊，恰恰是经过了漫长岁月的考验。所以，在幼儿园，我们会拍着手无忧无虑地唱"幼儿园里朋友多"，而长大成人后，我们会感慨，"人生得一知己，足矣"。

回家陪我的兄弟

一帮人聚会，推杯换盏，酒足饭饱后，有人提议去K歌，有人说去喝茶，也有人想去打牌，还有人提出找个大排档，继续喝。但他说："我要回家了，陪陪我兄弟。"

我将他拉到一边，好奇地问他："你啥时候冒出个兄弟来了？"

他用手轻拍自己的胸脯，说："我就是我自己的兄弟啊。"

"你喝多了吧？"我不能理解，关切地问他。

他笑笑，"真的没喝多，也真的不想继续这么闹哄哄的鬼混，就是想回家，安静地陪陪我的兄弟，陪陪我自己。明白了吧？"我还是不大明白，但我尊重他的选择。

他是我的一个朋友，是家中的独子，结过婚，离了，现在一个人单着。父母又不在身边，朋友们担心他寂寞，所以，经常安排些聚会，陪他热闹热闹。可是，显然他对这份热闹并不投入。

我也回到了家。孩子正在埋头做作业，他有永远也做不完的作业。妻子正在专心看电视，她有永远也看不完的肥皂剧。

我独自走进了书房，躺在柔软的布沙发里，我骤然觉得，此刻，自己好孤单。

我有一个美满和谐的家庭，不过，很多时候，我们每个人都有各自感兴趣和忙不完的事情。

我也有自己的工作、兴趣和爱好，我也非常乐于陪伴我的家人，这一切，都带给我满足和快乐，但是，纵使这样，我也有孤单的时候，就像此刻。这时候，我只能自己陪伴自己。

恍然明白了朋友说的"我就是我自己的兄弟"，可不是吗，此时此刻，我独自一人，我就是我自己的兄弟。我孤单寂寥，但是，还有"我"陪着我。因为是兄弟，我不快乐，"我"会安慰我；我说的话，"我"都乐意听绝不嫌烦；我的事情，只有"我"会真的当成自己的事情；我的愿望，"我"也总是第一个赴汤蹈火。"我"这个兄弟，永远不会嫌恨我，背叛我，抛弃我。有了"我"这个兄弟的存在，你会发觉，什么时候，你都不会是孤单一人，不会是一个人在战斗，因为你还有一个兄弟。我继续冥想。

除了是兄弟外，"我"也可以是我的恋人。自己做自己的恋人，你就会像对待恋人一样，处处呵护自己，时时珍惜自己，不忘疼爱自己；"我"也可以是我的孩子，既是孩子，我就会娇惯而不放纵"我"，容忍"我"偶尔犯错，鼓励"我"大胆前行，永远做"我"最坚强的后盾，陪伴"我"成长。"我"还可以是我的父亲，像尊重父亲一样，自尊自爱，不拂逆自己的内心；像孝顺父亲一样，不糟践自己，也不与自己较劲；像陪伴父亲一样，做自己内心忠实的倾听者。对我来说，"我"能做的，还有很多。

"我"可以做我的朋友，也可以做我的知己；"我"可以是我的伙伴，也可以是我的爱人。"我"不是我的影子，也不是我的一半，更不是另一个自己，"我"就是我，是我的全部，是我有可能常常有意无意忽略了的真实的我自己。

作为社会人，我们是儿子，也是父亲；是同事，也是朋友；是邻居，也是路人。很多时候,我不是为"我"而活着,而只是活在一个个角色里。很多人感觉活得很累,即使身处闹市也会孤单寂寥,那就是因为,我没有带上"我",你没有带上"你"。我与"我"走散了,你与"你"也没有同行。

远离尘嚣,回家陪陪我的兄弟,也就是陪陪"我"们自己,认真听听"我"的声音,我的态度,我的需要。什么时候,都别把自己弄丢了,忘了你是谁,从何而来,向何而去。

请把『客厅』从家请出去

好朋友要装修新房,在咖啡厅请我们喝咖啡,帮他出出主意。

新房子足够大,180多平方米。朋友最得意的是客厅,差不多整整60平方米,相当于他原来住的整个房子那么大。朋友说,客厅将是他这次装修的重点。

他其实已经有主意了。他兴致勃勃地说道:"客厅很大,所以,电视机要足够大,拿出一面墙做电视柜,还要买一组大沙发,这样才显得气派,与之配套的还有一个大茶几……"

这样算算,客厅其实已经摆得差不多了。

我问他:"我们是最好的朋友了,一年当中,我们能去你家做客几次?"

他想想,"虽然不多,三五次总是有的吧。不过,以前房子小,今后搬进这个大房子,你们就可以经常来做客了。"

我笑着摇摇头,其实现在很少有人上门做客了。比如今天,我们几个朋友就是在咖啡厅聚会的。

我又问他:"你一个月能看几次电视?"

他想都没想说:"除了看看球赛,我基本上不看电视了。"

我接着问他:"那你们家谁常看电视?"

"都不怎么看电视了。"朋友回答说。

"既然都没什么人看电视了,为什么还要浪费一面墙做电视柜,还准备买一个像电影银幕一样大的电视机?"

朋友懵了,嚅嚅地说:"客厅不都是这样装修的吗?"

没错,以前我们的客厅都是这么装修的,电视机、沙发、茶几,这差不多就是一个家庭客厅的标配。问题在于,今天,一个家庭还需要客厅吗?换句话说,家庭的客厅功能,是不是已经发生了改变?

我打开微信,给他转发了一条朋友圈。

这是一个温馨的故事。一个台湾家庭,年轻的爸爸妈妈为了给上幼稚园的女儿一个温暖的、不一样的家,花了210万新台币(约50万元人民币),将家里原来的客厅进行彻底的改造,变成了一个有滑梯、秋千、阁楼,以及一面可以随便图画的黑板墙,还有一个手工活动区的"家庭游乐场"。

孩子每天快乐地在游乐场里玩耍、做手工、看书、在墙上画心中的图画、与爸爸妈妈一起做手工,快乐地成长。它不再是客厅了,而是一个家庭活动区,亲子活动区。

这才是"家"的本来面目啊。

看完朋友圈,朋友激动地说,他改变主意了,他也要将"客厅"从自己的家里请出去,把它变成两个孩子的游乐场,打造成他们一家四口温馨的家。

几个月后,朋友的新家装修好了,我们去参观、恭贺。

他们的新家,让我们眼前一亮。

最大的不同，在于客厅。哦，不，准确地说，它已经不是客厅了，或者说不具备客厅的功能了，朋友称它为"我们家的活动中心"。

没有电视墙，取而代之的是一整面墙的书柜。里面的书，大都是他们夫妻俩的，也有不少儿童读物。在书柜的下面，放了几个懒人沙发，你可以轻松惬意地躺在上面，随便翻翻什么书。

沙发是有的，但不是像以前那样对着电视机摆放，而是面对面，围成了一圈。我们坐了坐，虽然小，但柔软舒服，最重要的是，可以与别的人面对面。

在沙发的边上，是一块空荡荡的地板。我们好奇地问他，为什么空出这么一大块，是不是有点浪费？朋友笑着解释说，这是特地空出来的，为的是一家人在一起享受快乐的地板时光。

地板时光？

朋友点点头，"这块地板，留给我们一家人。可以和孩子一起玩玩积木，也可以和孩子做做亲子瑜伽；可以陪孩子玩游戏，也可以坐在地板上阅读；可以在地板上打打滚，也可以与孩子一起涂涂画画……"

单单想象一下这画面，就温馨得让人融化。

这才是家啊。

把"客厅"从家里请出去，是让家回归它的本位，让家更温暖，更温馨，更快乐。

想不开的时候，去这些地方走走

打一个朋友的电话，问他在哪儿，答医院。赶紧问他，是不是哪儿不舒服，去医院看病？他说不是，他没有生病，好得很。又问他，是去医院看望什么人？他答，也不是。那他跑去医院干什么？他说，心情不好，所以来医院走走。

因为心情不好，而跑到医院去，这算什么理由？

隔日见到这个朋友，他的神色看起来不错。好奇地追问他，"怎么那天突然想起来跑到医院去了？"

他笑着说："最近遇到了点不顺心的事，心烦意乱，却怎么也调整不过来。出去游玩了一趟，虽然风景怡人，但是，自己心里有疙瘩，玩得一点也不痛快，回来之后，负面情绪还是阴魂不散，整个人恹恹的，做什么事都提不起精神。忽然想起，老父亲有一次急病住院，自己天天跑医院，看到了各种病人和他们的痛苦。那段时间，因为担心老父亲的身体，真是身心憔悴，苦不堪言。但那段时间，也是自己诸事想得最开的时候，感觉到健康是多么重要，只要老父亲平安了，只要家人都健康，其他都不重要。想到这些，我动了念头，再去医院走一走，看一看，或许能够找回内心的平静。"

从朋友现在的精神状态来看，他确实达到了效果，又恢复了往日的朝气。但我还是很疑惑，怎么走一趟医院，就能减淡、忘却，甚而摆脱自己的烦恼？

朋友说："去了医院，你会看到各种各样的病人，有的头破血流，有的形容枯槁，有的愁眉苦脸，有的肝肠寸断，总之，不是自身被病痛折磨，就是为亲人揪心。"

这样的场景，确实是医院里常见的，医院几乎汇聚了我们所有的痛苦和不幸。但是，我仍然不能明白，这怎么就能治愈一个健康人的忽然不健康的心？难道是因为幸灾乐祸，把自己的幸福感建立在别人的不幸之上？

朋友连连摇头，"不，不！我去医院，不是因为看到别人的痛苦和不幸，自己躲在一边幸灾乐祸，那样的心理是黑暗的。我只是让我自己明白，我没有遭遇飞来横祸，也没有疾病缠身；自己身体健康，家人也平平安安，这已经多么幸福？如今只是遇到了一点不如意，它算得了什么？在医院的时候，我还想到，很难说，哪一天我也不得不躺进医院，浑身插满了管子，我该怎么办？我又能怎么办？而现在，我健健康康，自由自在，还有什么比这更重要的吗？"朋友说，"我就是这样想通的。在病痛、苦难、死亡面前，没有什么是想不通的。"

朋友的话，也让我醍醐灌顶，是啊，我们这一生，难免遭遇这样那样的意外、疾病和苦难，与之相比，事业上遇到一点挫折，生活上遇到一点困难，算得了什么？

有一次，单位组织领导干部到某监狱接受教育，敲敲警钟，很多人内心受到了巨大的震动。我不是领导，本不在受教育之列，但我作为后勤组织人员，参加了那次活动。我的内心，也受到了很大的震撼。震撼我的，除了那些以身说法的服刑人员令人惊愕的犯罪事实，还有他们对于过往的悔恨，对于自由的渴望，以及对于家和亲人的想念。从监狱走出来的时候，我第一次感觉到，能自由地行走，自由地呼吸，自由地每天回家与家人团聚，这是多么幸福，多么重要，多么值得珍惜的一件事情。

我认识一个老板，生意做得很大，但也时常遭遇挫败、刁难和各种不如意，因而压力很大，每次遇到过不去的坎儿的时候，他就让司机开着车，陪他到郊区的殡仪馆转一圈。他说，那里是所有人的终点站，没有例外，那里也是生与死的诀别之地，所以，到处弥漫着悲伤的气息。你只有到了那里，才会清醒地意识到，人总有一死；也才能顿悟，活着真好，好好地活着，真好！

我们的人生，总有不顺心、不如意、想不开的时候，那就别想了，去医院转转，去监狱看看，去殡仪馆走走，你就没有什么想不通的了。

在痛极之地，你会看到希望仍在，命运幸好还掌握在自己手中。

第 3 辑　*The Third Volume*

当现状
成了最好的状态

生活给你的，不仅有坦途，也有坎坷；不仅有光明，也有黑暗；不仅有快乐，
也有悲伤；不仅有快意，也有失意。我们无法取舍，但我们可以选择怎样去面对。

人生"六放"

人生莫过两个字，收与放。星云大师说，人生就是放下。放，确实是一种人生智慧。但是，仅仅放下还是不够的。

人生有"六放"。身要放松，心要放飞，爱要放手，恨要放下。对本来属于你的学会放弃，对从来就不是你的学会放开。

身要放松。一个人的身体，总是绷着，太紧；总是端着，太累；总是忙着，太苦。身体就像钟的发条，驱动着我们前进，适当的压力是要有的，但是，发条若总是拧得紧紧的，弹性就没有了，灵性就僵硬了，乐趣就丧失了。让身体放一放，松一松，才能舒经活血，保持足够的耐力和弹性，支撑、陪伴我们漫长的一生。

心要放飞。不要总是把心像裤腰带一样，牢牢地绑在自己的身上。心都是有翅膀的，它有飞翔的愿望，也有飞翔的能力。为什么有的人心胸狭窄，目光短浅，一辈子都局限在自己的小世界里？就是因为他的心跟他太近了，太久了，自己束缚了自己。不时地将心放出去，让它像鹰一样翱翔，你的目光就看远了，视野就开阔了，心胸就宽广了。躯体是心的巢，而不应是牢房，倦了，累了，心自会回来歇一歇，静一静，养一养，然后，蓄足了力量，继续去翱翔、搏击。心有多大，舞台就有多大，世界就有多大。

爱要放手。爱是一种能力，也是一种特权；爱是付出，也是回报。爱，说到底就是一种拥有。对我们拥有、掌控的爱，我们总是倾尽全力去呵护，放在手里，怕失手打了，含在嘴里，怕融化了。很多爱，就这样变形了，变味了，成了桎梏。真爱，就要学会放手。对我们深爱的孩子，你只有放手了，他才会真正长大，独立地面对这个世界，也才是真正爱他。不会放手的爱，最终成为茧，自缚，亦缚人。

恨要放下。有爱就有恨，可以说，恨，是与爱一样，人类丰富的情感世界里不可或缺的一员，一个不懂得恨，不会恨，不敢恨的人，他的情感就是缺失的，不完整的。但是，如果恨不断生长，慢慢地就会变成体内膨胀的毒瘤，压迫你、左右你、控制你，使你欲罢不能，欲解不脱。有时候，恨的能量越大，爱的能量就越小。放下恨，是放下一己之恩怨，给自己的心灵腾出空间，去享受爱，自由地呼吸。

在这个世界上，我们生没有带来什么，死亦不能带走什么，我们所拥有的一切，终将随风而去。可惜，很多人至死也不能明白这个道理，像个守财奴一样，死死地抱紧属于自己的东西，房子、位子、车子、票子、面子……它们是你的吗？是，也不是。说它是，是因为这些可能都是你努力所得，血汗凝聚；说它不是，是因为你终究什么也带不走。很多人一辈子为物所累，为利所害，为名所扰，就是因为不懂得放弃，什么都守得紧紧的，死死的。放弃一些本来属于你的，于己，固然是牺牲，但是于人，是德，于社会，是奉献。你放弃的，从未消失。

对从来就不是你的，无论是人，还是物；无论是物质的，还是精神的；无论是有形有价的，还是无形无价的，我只想大声喊醒你，放开吧。它们本来就不属于你，你拽得再紧，它依然不属于你，何不从容放手，潇洒地说再见？

我想，倘能做到这"六放"，即使未必收放自如，至少卸了若干的镣铐，轻松自在些了吧。

值得

黄一奎至今后悔不已的一件事情，就是家里安装的那部电话。

电话是30年前安装的。

黄一奎至今还清晰地记得，安装电话那天盛况空前的场景。两名邮政局的工人，上门来安装。电话线是从500多米外拉过来的，这是整幢居民楼，也是整个小区安装的第一部私人电话。那根细细的电话线，骄傲地穿街走巷，拐了一个又一个弯，穿过一幢又一幢楼，来到了301室黄一奎的家。

那一天，黄一奎的虚荣心，获得了极大的满足。要知道，那个年代，不是什么人都能安装电话的，一般人也根本安装不起。一部电话的初装费就需要3500元，这是什么概念呢？那时，黄一奎的工资是78元，算是高工资了。为了安装这部电话，黄一奎要不吃不喝三年半，才能节省下一部电话的初装费。黄一奎刚工作2年，他还积攒不下这么多钱，其中的一大半，是他的父母省吃俭用，为他准备的结婚钱。

黄一奎没钱结婚了，那部耀眼的红色电话机，成了他骄傲的恋人。

可是，这个"恋人"除了带给他虚荣和骄傲之外，似乎并没有带来什么实际的用处。电话很少有人打进来，黄一奎也几乎没怎么打出去，因为，很少有人家里有电话，黄一奎的圈子里，更是只有他一家安装了私人电话。家中最显眼位置的电话机，成了最昂贵，差不多也是最没用的摆设。

若干年后，黄一奎后悔不已的是，如果当初这3500元不是拿来安装电话，而是用来投资，自己恐怕早就发大财了。要知道，那个时代，万元户就是大富豪了，3500元也算是个小富翁了。而自己却拿来安装了一部根本没什么用的电话，黄一奎觉得，真是太不值得了。

比黄一奎更后悔不已的，是他家楼上的张大康。

张大康没安装电话。在黄一奎家欢天喜地安装了小区第一部电话的时候，他就看出来了，那家伙中看不中用，别人普遍都没电话，就你一家有电话，能有什么用？张大康有更大的目标，他要成为小区第一个拥有私家车的人。

拥有私家车？在20世纪80年代，这个梦想简直比癞蛤蟆吃天鹅肉还要难上一百倍。

可是，张大康就敢有这个梦想。而且，竟然在四五年之后，就将它真的变成了现实。

张大康举全家之力，又借遍了亲戚朋友，终于筹够了4万多元钱，将一辆红色的夏利两厢小轿车，开回了家。

整个小区都轰动了。

张大康成了第一个骄傲的有车一族。每次，张大康在楼下摁喇叭催楼上的家人的时候，响亮的喇叭声，让张大康赚足了面子。

可是，谁也不会想到，仅仅五六年之后，私家车就普及了，张大康的两厢夏利，很快成了小区里最寒酸最破旧的一辆车。

若干年后，张大康后悔不已的是，如果当初这4万多元不是拿来买汽车，而是用来买房子，自己早就发大财了。当时，房子只要几百元一平方米，4万元，可以买套100多平方米的房子，现在差不多市值400万元，翻了100倍！"100倍啊！"有一次，张大康与邻居黄一奎闲聊时，捶胸顿足地说。

黄一奎将家里的电话拆机的那天，张大康也去车管所，将他那辆老夏利报废了。两人分别办好手续，回家时在楼下碰到了，便一起在附近的小饭店，喝一杯。

张大康问："电话终于拆机了？"

黄一奎沮丧地点点头，问他："你的老夏利也终于报废了？"

张大康也点点头，叹了口气，"瞧我们俩这事干的，真是一点儿不值得啊。"

黄一奎看着他，说："大康兄弟，话不能这么说，我还得感谢你那辆老夏利呢。那一年，我媳妇半夜临产，要不是你帮忙开车送到医院，他们母子就危险了啊。"

张大康笑笑，"邻里邻居，应该的。再说，我不也应该感谢你家那部电话吗？那年冬天，我家突然失火，幸亏你家安装了电话，帮我们拨打了119，消防车及时赶来，才扑灭了大火，没造成更大损失。"

两人端起酒杯，笑着说："这样看来，还是非常值得的。"说完，两人一饮而尽。

手机改变了我很多

有了手机后,我改变了很多。

我再也不怕早晨赖床起不来了。以前,我有一个闹钟,7点钟,闹钟丁零地响,很吵地闹起来,可是,翻个身,我又睡着了。等再次醒来,早过了上班的时间。现在好了,我在手机里设置了6个闹钟(如果意志不够坚定,我还可以设置更多):7点、7点5分、7点10分……7点30分,这是最后一个闹钟,只要在这个点起床,飞快地穿衣、刷牙、洗脸,不吃早饭,到单位后再如厕,就能踩着点赶到单位而不迟到。

我再也不用记路了。为了认清道路,我曾经买过很多地图,学会了怎样认路,到了一个新地方,总是努力记住各种各样的标识。现在完全没这个必要了,打开手机地图,导航能将我们准确地带到世界的任何一个角落。就算我们家附近新开了一个小店,我也多半是跟着手机导航,不费吹灰之力就找到它的。

我喜欢上了摄影,身上多了很多艺术细胞,我总能找到某个角度,把自己自拍得很帅很美。我当然不止于自拍,看到什么,我都会掏出手机,拍照片,拍视频。现在我一个月用手机拍的照片,比我上半辈子拍的照片加起来还要多。我的手机里，已存储了成千上万张照片，它记录了我日常生活的点点滴滴。虽然我很少回头去翻看，一年甚至没洗一张照片，但这又有什么关系呢。

我变得热情了。从前，我是一个不善言辞的人，朋友不多。如今不一样了，我的微信朋友圈里，人满为患，我还加了几十个群，再也不是那个不合群的人了。每天，我睁开眼睛的第一件事，就是浏览朋友圈，给他们一一点赞，晚上也一样，点完最后一个赞，我才能睡踏实。碰到朋友要投票的，我总是踊跃投票，活这么大，我还是第一次发现自己的那一票，这么重要，不可或缺。哦，对了，你要我投票吗？

我也变得知识渊博了。前不久，我参加了一个活动，现场抢答。那么难的题目，都有人立马答出。这都是搜索引擎的功劳，其实也就是手机的功劳。手机百度一下，再刁钻的问题，都能立即找到答案。我发现只要手指足够快，手机网速足够快，我也能看起来腹载五车，茹古涵今，智周万物，令人景仰。

以前，上朋友家，朋友总是先沏茶，上点心，现在不一样了，赶紧告知WiFi密码；以前，两个新朋友结识，互留名片、电话，现在亮出二维码，互相扫一扫就可以了；以前，我总是担心赶不上末班车，现在荒郊野外也不怕，就害怕没信号；以前，口袋里没钱了，让我发窘，现在，手机快没电了，让我抓狂；以前，我总嫌房子太小，现在，我总感觉手机内存不够大；以前，面对面促膝谈心，现在，面对面发微信问候……

手机真的改变了我们很多很多。

这是我用过的第9部手机了，每更换一部手机，我只需在新手机上，下载几个APP就可以了，我的手机上的生活就算无缝衔接上了。至于老手机里，那些痕迹、照片和记忆，则被永远地尘封在了老旧的机壳里，就像过去的岁月——那岁月仿佛是我们自己度过的，又好像只是一部手机度过的。

我就是个残疾人

在一次读书节演讲中,长篇小说《推拿》的作者毕飞宇说:"我最大的欣慰是,心平气和地承认了一件事:我就是个残疾人。"

《推拿》讲的是一群盲人的故事。毕飞宇眼不盲,耳不聋,手脚健全,躯体无疾,才思敏锐,当然不是残疾人,但"在这个世界上,有许多我看不见、听不见、闻不到的东西,还有许多我这一辈子都无法领悟的东西",故而,在他看来,他就是个残疾人。

比照毕飞宇的标准,我做不到心平气和,但不得不承认,我也是个残疾人。

我眼不盲。人能看到的,我似乎亦能看到,自然不能算个盲人。但是,有人能入木三分,明察秋毫,洞若观火,能从繁杂中看出规律,从现象中看到本质,我看不到,我就是有缺憾的。我每日也努力睁大了眼睛看这世界,但对很多人和事,我虽然看到了,很多时候却又视而不见,事不关己就高高挂起,虽目光炯炯,与盲人何异?

我耳不聋。风吹草动,虫声人语,我也仿佛都能听到,自然不能算个聋哑人,但是,一条狗能听见的,我却听不见;一只猫能听见的,我也听不见;更别说,听力敏感度是我们一百多倍的蝙蝠了，在它们面前，哪怕是人类的顺风耳，也简直就像个多余的摆设。更何况，对不同的意见，反对的声音，不悦耳不和谐的异响，我们往往还会启动充耳不闻的自我保护装置，拒之于千里之外。

看似健全的四肢，实则功能更加有限。我的双手，活动自如，却不能像瓦工一样砌砖，也不能像老农一样熟练地割麦，更不能像艺术家那样弹奏出美妙的乐章，甚至不如我的太太，能织补，能擦洗，还能烧出一手可口的佳肴；我的双脚，不能疾步如飞，也不能踏荆棘如履平地，又不愿远足，难以攀高，常常故步自封，在熟悉的环境里绕圈子，做出一副闲庭漫步的样子，四肢健全，虽无缺，却有憾。

及至精神领域，缺憾更多。虽混迹人生，却浑浑噩噩，不能对人情世事了然于胸；虽有七情六欲，却无大志少情怀；虽有大脑，却没有思想；虽能思维，却经常做不到独立自由。

人能看见的，我却看不见，或视而不见；人能听到的，我却听不到，或充耳不闻；人能想到的，我却想不到，或想而不周；人能做到的，我却做不到，或根本不做；人能领悟的，我却不能参顿，或走火入魔……我可不就是有残缺，有疾患吗？

所谓残疾，就是有损伤、有缺憾、不健全、不完美。像毕飞宇那样心平气和地承认、正视、接受自己就是个"残疾人"，不是歧视残疾人，也不是歧视自己，而是要时刻提醒自己，我们其实都是不完美的，我们的躯体和我们的人生，都会或多或少地有缺陷、有不足、有遗憾，而人生的目的，无非是使我们能知不足，心向善，趋完满而已。

沉默是最好的试纸

咖啡馆一隅，一男一女，相聊甚欢。他们一直不停地说着，似有说不完的话。男子说到兴处，辅以手舞足蹈，引得女子咯咯发笑，不时附和。忽然，男子停了下来，似乎是刚才那个有趣的话题讲完了，一时又没有找到新的适合的话题，女子看着男子，欲言又止。

两个人就这样你看看我，我看看你，又慌乱地把眼睛瞥开，骤然陷入沉默。仿佛整个世界，都寂静无声了。

男子几次试图再张嘴说话，不知道为什么，又咽了回去。女子笑笑，仿佛若无其事的样子。空气中弥漫着怪怪的咖啡味。

沉默，死一样的沉默。因为这突然而至的沉默，两个原本聊得甚欢的人，脸上都露出掩饰不住的尴尬。不知道是该说的都说完了，再也无话可说了，还是忍受不了这难堪的沉默，两个人最终起身，离去。

而他们的邻桌，坐着的，也是一对男女，样子既像是一对结婚已久的夫妻，又仿佛是一对熟稔的老朋友。两个人品着咖啡，偶尔说几句话。更多的时候，男的似乎在发呆，而女的用小勺优雅地搅拌着咖啡，呷一口，抬头看着男的，她就那么看着，不说一句话。男的收回目光，与女的目光相撞，会心一笑。

他们就那么安静地坐着，也许要说的话，已经说完了，也许他们压根就不是为了找个地方说话的，他们来，只是为了坐一坐，喝一杯咖啡，瞥一眼窗外，倘若忽然想到了什么，就偶尔说一两句话，其他的时候，他们沉默，各自安静地想着什么，或什么也不想。他们丝毫没因为沉默，而感到尴尬，抑或沉默，倒是他们此刻最大的享受。

沉默是最好的试纸。一个人，与另一个人，关系到底有多融洽，或者有多和谐，不是看他们在一起时，有多少话可说，也不是看他们在热闹时的表现，而是当他们沉默时，是否因为彼此的沉默而冷场、尴尬、沉闷、难受、手足无措，甚至觉得窒息。

有人说，关系的理想境界是什么？好的关系，连沉默都舒服。

两个人在一起，不说话、不对视，只是发呆、走神，或各忙各的，各想各的，却不觉得无趣，也不觉得难堪，没有不自在的感觉，而是放松、舒服、坦然，这说明，这两个人若非亲人，就是夫妻；若非老夫老妻，就是心心相印的情侣；若非情侣，就是知己，真正的朋友。

连沉默都让你舒服自在的人，是真正懂你的人。

我的岳父母，都快80岁了。他们在一起，厮守了大半辈子的时光。记得刚退休时，他们整天在家里说话，似乎要把积攒了几十年的话，抓紧说完。有时，说着说着，因为观点相左，还会发生激烈的争执。

现在，他们的话，却越来越少了。

一天中，他们大部分的时间，是在沉默中度过的。他忙他的，她忙她的，或者，他晒他的太阳，她晒她的太阳。他们习惯了他（她）就在身边，却并不一定要说点什么。到了中午12点，她会从药盒里分好药，一杯是他的，一杯是自己的。而他已经准备好了温开水，一杯是她的，一杯是自己的。他们做这一切的时候，一句话也没说。他们已经习惯了各自的，这温开水一般的沉默。

你未必明了自己的心意

大学同学聚会，毕业20年，大家的变化都很大，然而，最让我们意外和吃惊的是，我们的一个同学，放弃中文，改行去研究数学了。这跨度也太大了。

她现在是一家大学的数学教授。大学毕业后，她被分配到了家乡的县政府工作，两年后，考取了研究生。学的却不再是中文或相关专业，而是数学。一个读了四年中文专业的人，却去考了并且考取了数学专业的研究生，真是让人匪夷所思。后来，又读博，留校任教，至今。

她的经历，勾起了大家强烈的兴趣，我们都很好奇，怎么就转行去搞起了数学？

她笑笑，说，其实读大学后，她就后悔自己高中时选择了文科，后悔高考志愿选择了中文系。她说，中学时，她的数学和语文成绩，就都特别突出，既是班里的语文课代表，又是数学课代表。她的父亲是本校的语文老师，在高二分科时，父亲极力主张她选择文科，她自己虽然有点摇摆不定，放不下热衷的数学，但又觉得，自己也还是蛮喜爱看小说的，身上很可能遗传了父亲的文学细胞。于是，她选择了文科班。高考成绩很理想，数学近乎满分，语文成绩也很优异，于是，顺理成章地读了中文系，成了我们这帮文学爱好者的同学。

可是，她说，进了大学后，她才慢慢发现，自己虽然语文成绩很好，也喜爱读读小说什么的，但那根本不是对文学的热爱，文学作品之于她，就和其他也喜爱小说的理科生一样，只是一种消遣。其他的专业课，诸如文学理论、文学史什么的，更是让她味同嚼蜡，她发现，一部红楼梦，远没有一道立体几何难题，让她饶有兴趣。

若干年后，我们才知道，大学期间，她就经常跑到数学学院的课堂上蹭课。她也是唯一一个在文学课堂上，偷看微积分的人。她笑着说："能和你们成为同学，我自然开心得很。但学习中文，那真不是我的意愿，至少，中学时代，我其实并不真正了解自己的心意。所以，我义无反顾地选择了数学，重新规划了自己的人生。"

我们一直以为，自己最了解自己的心意，我们的心，到底在乎什么，在意什么，有什么愿望，总是我们自己最清楚。有时候，真的很难说，我们对自己了解多少，我们的选择是不是真实符合我们自己的心愿。你以为遵从了自己的心意，而事实上，很可能像我的同学那样，一开始的时候，就做出了错误的选择。

前段时间很流行的英国电视剧《唐顿庄园》里，有一个很小的细节。庄园管家卡森，年轻时曾经与好朋友查理一起，在一家剧院工作，卡森爱上了一个女孩，孰料，查理一脚插了进来。在卡森和查理两个男人之间，女孩最终选择了查理。卡森悲伤离去，后来，成了唐顿庄园的大管家。而酗酒又懒惰的查理，与那个女孩的生活却并不如意，穷困潦倒不堪。若干年后，查理告诉卡森，她死了，他们三人之间的恩怨，也该了结了。查理在与卡森告别时，说出了一个秘密：女人在临死之前，告诉他，她真正喜欢的男人其实是卡森，只是年轻时的她，一直不知道自己的真实心意。现在，她就要死了，才终于明白了。

她终于明了自己的心意，并在临终之前，说了出来。只是这明白，显然来得迟了点，她自己的，卡森的，包括查理的人生，都由此而彻底地改变了。但因为她而终身未娶的卡森，可以放下了；虽娶了她的人，但从未得到她的心的查理，可以放下了；她自己也可以放下了。

不能真正明白自己的心意，真的是一件无奈而悲哀的事情，它会让我们在虚假的心意之下，沿着错误的轨迹，徒耗生命。

当我们在做出某种选择或决定的时候，也许问一次自己的内心还远远不够，反复地审视自己的内心，多追问几次，才能更加接近自己内心的真实意愿。

而一旦明白了自己的心意，什么时候掉头都不迟。

身体里的『开关』

我有个朋友,睡眠特别好。他对身边的妻子说:"我睡了啊。"说完这句话,不出30秒,就会传来鼾声。不是装的,是真的入睡了,真的睡着了。他就有这个能耐,他说"我睡了",就像扭了一下大脑里某个控制睡眠的开关,"啪"一声关了,就什么也不思,什么也不想,睡着了。

如果我们身体里真有可以控制的开关的话,我首先希望自己也拥有这样一个可以控制睡眠的开关,想睡觉的时候,就拧一下开关,说睡就睡,不管何时何地,也无论身边是多么嘈杂,诸事多么烦心,天会不会塌下来。

看到央视的一档健康节目,惊讶地发现,我们每个人的体内,还真有一些这样的小开关,控制着我们的身体。

比如打嗝。打嗝这件事,因其突发,不分时间,不分场合,所以,经常弄得人挺尴尬。花前月下,卿卿我我之时,忽然打起嗝来,就很无趣,很扫兴;或者高朋满座,正欲高谈阔论,却突然一"嗝"惊天地,多么尴尬,多么丢份。而且,这嗝一旦打起来,犹如机关枪,或如连环炮,一波接一波,一浪接一浪,你越是想控制它,它就越打得响,嗝得欢,无休无止矣。

民间有很多办法,对付打嗝。喝水是最常用的一招,连续地不歇气地"咕咚

"咕咚"地灌,灌下去的水,与涌上来的"嗝气",在喉咙相遇,水仗着力大势急,硬是将嗝气压下去。很多人试过此法,有效,但容易呛着,或者噎着,而最要命的是,你以为将它彻底打压下去了,却突然爆出更猛烈的一声"嗝",让你在猝不及防之下,形象全损,体面尽失。

还有一个对付打嗝的歪招,就是趁打嗝者不注意,发动偷袭,从背后猛拍一巴掌,或者附其耳旁,突然一声断喝,令其打到半途之上的"嗝气",吓得魂飞魄散。这招管用吗?据说蛮管用,唯一的副作用是,打嗝者的心智受到惊吓摧残,需要半个小时才能缓过神来。

其实,只要拧一下我们体内的某个开关,就可以止嗝了。这个开关,就是我们后背上的膈俞穴。这个穴位于背部第七胸椎棘突下,正中线旁开1.5寸处,当打嗝难止时,用手刮擦、按揉,即可止嗝。我们的胳膊肘绕到后背有点难,这时候我们需要借助别人的手,替我们拧一下这个开关。

经常在一些影视剧里看到,一个人身陷昏迷时,旁边的人赶忙替他掐人中。掐一下,再掐一下,咦,刚刚还人事不知的人,苏醒了,活过来了。这真是一件相当神奇的事情,难道人中就是我们人体内的生命开关吗?掐掐,再掐掐,生命就复活了。

我曾经在街头看到两个人吵架,一个人吵着吵着,忽然瘫倒在地,做垂死状。另一个人却不闻不问,继续骂骂咧咧,而旁边看热闹的人,竟然也无人施救。这时候,我看见了奇迹:那个瘫在地上的人,见无人施援,干脆自己用手掐自己的人中,掐,再掐,狠狠地掐,瞬间又活过来了。然后,从地上爬起来,接着吵。能自己控制自己的生命开关,真好。

最佩服的是演员,他们至少比我们普通人多一个开关,就是控制眼泪的开关,他不知道在哪里拧了一下,泪水就哗哗而出了。直到我在法庭之上看见一个骄横跋扈的大贪官,说着说着忽然捶胸顿足,涕泗横流,我恍然明白,这个世界上有比演员更好的演员,他们体内有更多的开关,说开就开,说关就关。

如果我的体内也有一些开关的话,我希望能把其中的一个完全打开,将所有的快乐都释放出来。

难弄的人

在经过一段时间的磨合、考察之后，终于与一家装潢公司签订了新房装修合同。

小区一家刚装修好房子的邻居，善意地提醒我们，装饰公司大多很坑的，要处处留心提防，不然，很容易挨宰或被坑的。忙问有什么经验？邻居说："我看看你们夫妻俩平常都很通情达理，非常好说话，这可不成，其中的一个人，要表现出很难弄的样子。他着重强调，一定要让他们觉得你很难弄，这样他们在装修你的房子时，才会认真负责，不敢给你下套，也不会糊弄你。"

我和妻子早就约定好了，后期的施工过程中，我负责日常监工。听了邻居的忠告，妻子乐呵呵地说："那你就准备成为一个难弄的人吧。"

成为一个难弄的人？对我来说，这还真是一个难题。

活了这么大，接触过形形色色的人，我这个人最大的特点，就是比较随和，能睁一只眼闭一只眼的事情，从来不睁开两只眼睛。这是优点，也是缺点。但不管是优点还是缺点，几十年养成的习惯，想一朝一夕就改了，还真有点难。

第一天去新房监工，几个工人正在拆墙，屋子里尘土弥漫。捂着鼻子进去，一个正在用冲击钻开墙的工人，冲我点点头，我也冲他笑笑。嘴咧开一半，赶紧又收了回去，我是一个难弄的人，难弄的人哪能随随便便笑呢？便板了脸，在房子里绕了一圈，临了，对工头招招手，示意他出来讲话。工头忙停下手中的活，跟我来到室外，从裤袋里掏出香烟，递我一根。我摆摆手，自己拿出烟，点了一根，慢吞吞却语气生硬地说："你们这样施工可不行，到处是灰尘，邻居会投诉的。"工头歉意地笑笑，拆墙难免有灰尘，后面就不会这样了。说实话，我其实是挺同情他们的，不得不在这样的环境里工作，但我现在是难弄的人，可不能表现出我的妇人之仁，便接着挑刺，"你们那墙拆得跟狗啃的一样，太不专业了吧？还有，地上的碎砖头、水泥渣子什么的，是不是应该及时清理掉？"总之，横挑鼻子竖挑眼地提了一大堆问题，工头点头如啄米，谦恭地说："我们会严格地按你的要求整改。"

　　从新房里出来，我连打了几个喷嚏，将刚刚吸进肺里的粉尘都喷了出来，也将自己憋在肚子里的伪装都尽情地喷了出来。回家跟妻子描述自己难弄的样子，妻子也笑喷了，说："也许你骨子里就是个难弄的人，说不定你的随和，都是装出来的。"

　　一连数日，每次去新房的装修现场，我都是一到门口，就收敛了笑容，铁板着脸，在房子里转几圈，挑刺，找茬，看着顺眼的不顺眼的，都嘟囔几句。几天下来，工人们一看到我，都一脸小心翼翼的样子。有一次，我无意间听到两个工人在闲聊，说这个房东很难弄的，大家都要小心一点。哈哈，没想到这么快我就成了一个难弄的人，我成功了。

　　有次，在新房里遇到设计师。我们之所以选择这家装潢公司，很大的原因，就是看中了他的设计和他的为人。设计师与我在阳台上聊了一会儿，忽然关切地问："孙哥，你最近是不是有什么不顺心的事？"我摇摇头，设计师又说，"我看你眉宇紧锁，以为你有什么不开心的事。"接着说，"我听有的工人私下议论说，房东是个很难弄的人，我就告诉他们，孙哥不是那样的人……"

　　我终于憋不住了，对设计师说："不瞒你说，我那都是装的。"设计师顿了顿，也哈哈大笑，说："孙哥，我明白你的良苦用心。不过，你放心，我们的施工质量、工艺，以及材料，都是严格按照标准、规范和合同的，有任何问题，你都可以向我们提出来。"

我给设计师递了根烟，也给在场所有的工友都敬了烟。一个中年工友一边给我点火，一边说："房东，你放心，我们绝不会糊弄你的。"另一个工友说："其实，我们真要糊弄谁，就算你是一个难弄的人，你也未必看得出来。但我们不会那么做的。"

那天之后，我没有再装成一个难弄的人。每次去新房，都与工友们有说有笑，而尤其让我开心的是，工友们的活儿，做的真是没话说，一丝不苟。

很多时候，我们装或真的变成难弄的人，是害怕被人宰，担心被人算计，这才给自己装了一个又一个保护套。其实，将心比心，你不难弄了，别人又何苦弄你，为难你？都不难弄了，事情就反而好弄了。

被人想起的时候

夜半,晓红刚睡熟,手机忽然响了。迷迷糊糊打开手机,号码不熟悉,但显示是老家的号。本想挂了,又一想,这三更半夜的,陌生人也不会打骚扰电话吧?再说,是老家的号,也许是个什么熟人。便接了。电话那头传来一个陌生又有点耳熟的声音,"你是晓红吗?我是莉莉啊。"

她想起来了,一个在家乡时的老同事,自己刚工作那会儿,坐过一个办公室。这么多年无联系,没想到忽然接到她的电话。

莉莉说:"这么晚了,还打扰你,真不好意思。但我左思右想,还是决定给你打这个电话。今天晚上,我们几个当年的老同事难得地聚会了,只有你没能参加。大家回忆了很多往事,也聊了很多关于你的事情,我们都很想你,什么时候回老家了,一定记得跟我们联系啊……"

晓红没有想到,那个只是短暂地待过的老单位,大家都还记得她。虽然时间不长,但因为是自己大学毕业之后的第一个单位,还是给她留下了很多美好的印记。莉莉的电话,让往事一幕幕浮现在眼前。她和莉莉,又兴奋地聊了很多很多。

被人想起,真的是一件开心的事情。

据说，一个普通人，一生能够有幸认识和结交的人，不过千人。有的人，会相交一辈子；有的人，走着走着，忽然就散了；还有很多人，可能只是一时一地一事，打过交道，有过短暂的来往。这些人中，你会记住一部分，有些则会慢慢淡忘，苍茫人生途中，偶尔也会忽然莫名地想起了谁。就像你亦可能被人记住或遗忘，或忽然被想起。

你会被谁经常或忽然想起呢？

你至亲的人，会经常想起你。他们会不时地想起你，惦念你，记挂你，关心你。没有任何目的，就只是想你，念你，爱你。

好朋友也会经常想起你。好朋友未必天天黏在一起，有的好朋友，甚至久未联系，但你会住在他心里，就像你也会为他在心底永远留一个位置。好朋友想起你的时候，心里会涌出丝丝的甜蜜，脸上不自觉地流露出会心的笑容。

如果你是一个善于倾听的人，当别人遇到不开心的时候，就会想起你，找你倾诉，排解内心的苦闷；如果你是一个懂得分享的人，别人遇到开心事的时候，也会第一时间想起你，与你分享他的成就和快乐。

如果你是一个乐于助人的热心人，当别人遇到困难的时候，就会想起你。有些是你有能力也愿意帮助他解决的难题，也有的是超出你的能力，你无法帮到他的，但他知道，纵使你不能实质性地帮上他，也会诚恳地帮他出主意找办法，让他感到不是自己一个人在战斗。

很多时候，一个人是因为被需要，才会被想起，这是因为你有能力，有价值，也乐于付出，甘于奉献。但也有很多时候，一个人被人想起，不是因为别人又有事相求，而仅仅是因为思念，回味，或感激，这样的被想起，才是真正发自内心的，温暖的，带着甜蜜的，是对被想起的那个人，由衷的想，发自肺腑的念。

当然，被人想起，也未必全是因为你的好，也有这样的可能，当别人恨得咬牙切齿的时候，会忽然想起你，恨不得立即出现在你的面前，痛揍或痛骂你一顿。这多半不是因为你伤害了他，就是你有意无意间得罪了他，或者冷落了他。所以，一个好人，被人想起的时候，往往是想起了他的好，而一个恶人，被人想起的时候，则可能全是仇恨。如果你经常被人想起，且被人想起的时候，想起你的那个人脸上是带着笑容的，你无疑是一个值得让人想起的人。

民间有谚说，一个人耳根发热，说明是有人想起你了。你经常耳根发热吗？当我们被别人想起的时候，如果能给那个人的心头带去一抹暖流，则尽管我们自己可能根本不知道被他想起，我们的心，是亦可堪慰的。

每天都发个红包的人

我和她算不得微信好友，事实上，我们互相根本不认识，但我们在同一个微信群里。

那个群，有两三百号人，大多是我不认识的，但我记住了她。之所以记住她，是因为每天上午，她都会在群里发一个红包。自从这个群建立起来，每天都这样，从未间断。

我不明白，她为什么要坚持这么做。一个人坚持做一件事，其实是挺难的，不管这个事情是大还是小。她做到了。这让我觉得，她应该是一个特别有毅力的人。

每天上午九点左右，她一出现，就会先发一个本地的天气预报，然后，紧跟着，就是一个红包。我一度以为，她是气象台的，后来，好奇地浏览了她的朋友圈，发现不是。那为什么要先发一个天气信息？也许是她觉得，告诉群里的人们今天的天气情况，可以让大家心理上有个准备，特别是你打算出门的话。这让我觉得，生活中的她，应该是个很细心的人，有时候像阳光一样和煦温暖，有时候则如微风拂面，有时候又若绵绵春雨，让人心旷神怡。

她发的红包，并不大，每次都是固定的6元钱，固定的10个小红包。也就是说，每天，都有10个小小的幸运儿，能够抢到她的红包。我也幸运地抢到过一两次，几毛钱，不多，但让一天的心情，都好了起来，感觉自己还是挺幸运的。

偶尔，9点到了，她却没有出现，10点了，她还没有出现，开始有人着急了，在群里呼唤她，一声，又一声。她总算出现了，忙着解释，原来是昨晚熬夜了，早上醒不来，抱歉云云。她不欠大家什么，自然没什么好道歉的。但她一定会先道歉，再发天气预报，接着才是雷打不动的红包。这时候，群里往往一阵欢呼，群友们送出各种问候，热闹得像过节一样。

我注意到，她发的红包，往往在几秒之内，就会被一抢而空。有几个人，则总是能幸运地抢到她的红包。这意味着，每天到了上午九点左右，群里就会有一些人，拿着手机，盯着屏幕，等待她出现，期盼她出现。她来了，天气预报来了，可爱的红包也来了。这真是一场及时雨啊，将希望的甘露，洒到群里。我不相信，谁会仅仅是为了一个几毛钱的红包，而静候在那里，对他们来说，也许更像生活中的一场聚会，一个仪式，一份温暖的期盼。能抢到一个小红包固然开心，抢不到，也一样快乐，开启又一个愉快的一天。

我与她，没有共同出现在其他微信群，因而也不知道，在其他的微信群里，她会不会像在这个群里一样，每天发一个当日的天气预报，再发一个让人开心的红包。但我知道，在我们这个群里，她是最受欢迎的人，无论是认识的，还是不认识的。我相信，在现实生活中，她也一定像微信群里一样，受人欢迎和喜爱。她每天送出的，不仅是一个小红包，也是一份持久的快乐。

拥有和失去

朋友养了一条狗，相伴14年后，狗死了。朋友很伤心。

我安慰他，你虽然失去了爱犬，但你们相依相伴的这十几年，没有失去；你对它的照顾和爱，它对你的忠诚和陪伴，也没有失去；它留给你的念想，更没有失去，甚至可以说，永远也不会失去。朋友遂豁然。

拥有和失去，是一对矛盾体，但又是相辅相成的。有些东西，是我们穷尽一生也无法拥有的，换句话说，人这一生，能拥有的东西，一定是有限的，比我们无法拥有的东西要多，而且多得多。明白了这一点，我们就不会什么东西都想拥有，贪婪之心，必能有所收敛；有些东西，是我们曾经拥有过，但又失去了，这其中的一部分是虽然失去了，但还会再拥有，而更多的，是失去了就再也无法拥有，这告诉我们，珍惜此刻你所拥有的，不要等到永远失去了而心痛懊悔；有些东西，是我们渴望拥有的，比如财富，比如青春，还比如美好的情感。但是，这个世界也还有很多东西是谁都不愿意拥有的，最好是永不沾边，比如苦难，比如伤痛，还比如失意和失败；还有些东西，是我们拥有了"这一个"，可能就无法拥有"另一个"，所谓鱼和熊掌不可兼得也。所以，我们要学会选择，有时候，捡了芝麻丢了西瓜，未必不是件好事情，如果芝麻正是你需要的，抑或孜孜以求的呢。

最近一篇名为《感谢贫穷》的文章刷爆了朋友圈，作者是出身寒门却考上了北大的女孩王心仪。贫穷不是个好东西，事实上，王心仪能考上心仪的北大，也并非贫穷帮了她的忙，而是靠她自身的努力获得的。她在文中这样写道："（贫穷）让我和玩具、零食和游戏彻底绝缘，却同时让我拥抱了更美好的世界。我的童年可能少了动画片，但我可以和妈妈一起去捉虫子回来喂鸡，等着第二天美味的鸡蛋；我的世界可能没有芭比娃娃，但我可以去香郁的麦田，在大人浇地时偷偷玩水；我的闲暇时光少了零食的陪伴，但我可以和弟弟做伴，爬上屋后高高的桑葚树，摘下紫红色的果子，倚在树枝上满足地品尝。"

王心仪的故事，很励志，不过，我更愿意从另一个角度去解读，那就是，她的故事告诉我们，当我们失去或从未得到过某些东西的时候，反而可能让我们拥有了另一些也许更宝贵的东西。在这个物质丰富而泛滥的时代，人的占有欲似乎也变得异常亢奋，对现状的不满，以及无止境的物质欲望，蒙蔽了一些人的眼睛和心智。其实，有些拥有，是物质的，这都是可以看得见摸得着的，实实在在，能给我们带来身体的舒适和快乐。还有些拥有，则是精神的，诸如知识，诸如品质，诸如情感，它们是看不见的，内在的，在你的心里，在你的眼神里，在你的举手投足中，它带给我们精神的慰藉和满足，心灵的东西，一旦拥有了，基本上就会伴你一生，永不会失去。

我所在的小城，有一位很成功的商人，但成功并没有带给他快乐，反而让他变得更焦虑，因为，他还不是第一，而坐上本地商界的头把交椅，是他心心念念的目标。为此，他忘我地投入生意场中，没有休息日，也难得与家人团聚。直到有一天，他唯一的儿子因为缺少父母的管教和陪伴，而误入歧途，吸毒成瘾，他才痛悔不已。而更令人绝望和唏嘘的是，因为严重透支，他自己的身体也垮了，肺癌晚期，生命进入了倒计时。直到这时，他才幡然明白，拥有再多的财富，也抵不过失去健康的代价，拥有再高的地位和威望，也不如亲人和家庭的安康幸福宝贵。

我们无法拥有全世界，我们有幸拥有的，才是我们自己的全部，好好珍惜，莫要失去。

如果没走这些弯路

有个人,只有初中文化,却一心想做一个作家。年轻时,他只身北漂,做过锅炉工、洗碗工、群众演员、替身,一句话,走了很多弯路,后来才慢慢地为圈内接受、认可,做了统筹,又做了副导演,最终梦想成真,做了编剧,出了几个响当当的剧本。

他就是"土豆先生"马德林。

这是一个不错的励志故事。不过,我要讲的,是接下来的故事。

在"土豆先生"成了小有名气的编剧后,一次,与某制片人聊天,制片人意外地得知,他竟然曾在自己制片的某部剧中,做过群众演员,就跟他说:"要是当年你认识我,就不会走这么多弯路了。"

这是一个有趣的假设:如果你当年有幸认识了我,我就会点拨你、提携你、扶持你,你就不用走这些弯路,而同样获得成功。

果真是这样吗?我看未必。

这个制片人,是把自己当成伯乐了。可是,在他既往的历史中,似乎没有什么他发现并培养、提携成功的案例，也就是说，他未必具有从泥沙中淘金的伯乐的水平和能力。假设当年他们就认识，一个跑龙套的群众演员，恐怕绝入不了制片人的法眼。

这不是关键。关键是，如果"土豆先生"没做过锅炉工，也没做过洗碗工；没做过群众演员，也没做过替身；没做过统筹，也没做过副导演……一句话，如果他没走过这些"弯路"，那他是谁呢？他还是那个刚出校门的小土豆，他还是一个什么也不懂啥也不会的山里娃，既没社会经验，也无任何人生积淀，就算伯乐在侧，又能如何，又会如何？

是的，"土豆先生"如今的小有成就，不是得益于谁的提携，反而是，他走过的那些"弯路"，帮助了他，成就了他。

正如"土豆先生"自己说的，"有些路，是一个人必须要走的。"其中，就包括"弯路"。

弯路不是歧路。它只是迂回曲折，不平坦，不直接，坑坑洼洼多一点，荆荆棘棘多一点，走在上面，你要多吃一点苦，多受一点累，多流一点汗，多遭一点罪，多耗费一点心血。但它的大方向是对的，或者说，你的每一滴汗水，都是人生的积累，只要坚持，它就有可能成为种子，开花结果。

无论是锅炉工，还是洗碗工，无论是群众演员，还是替身，对日后成为编剧的"土豆先生"来说，都是非常必要的人生积累，他的剧本，他的故事，都得益于他对现实生活的独特参照，从某种意义上说，正是他走过的那些"弯路"，才让他的剧本，有了浓郁的烟火气生活味，才打动了那么多观众。

当然，弯路绝不是捷径，成功未必一定要走弯路。人生能少走甚或不走弯路，自然是件乐事，谁愿意拿短暂的人生，在弯弯曲曲的路上绕来绕去呢？走过弯路也未必就成功，两者之间，没有什么必然的联系，很多人一辈子在兜圈子，走弯路，沮丧得很，失败得很。

我只是想告诉自己，如果我走过弯路，抑或正走在弯路上，它其实并不是一件多么可怕的事情。坚持走下去，弯路或许也是一笔财富。

坐卧铺的目的

与某公一起乘火车。座位票没有了,便买了两张卧铺票,都是中铺。

上了车,某公就爬到铺位上,躺了下来。

靠窗有个空位子,我坐下,看窗外一闪而过的风景。某公指着他对面的中铺喊我:"你为什么不上来躺躺?"我摇摇头,"这样坐着,蛮好。"

火车"哐当哐当"地往前开。

坐累了,我也爬上铺位,躺了一会儿。但大白天的,根本睡不着,躺了一会儿,感觉不舒服,难受,我便又爬起来,在车厢里来回走一走,座位上坐一坐,听其他旅客唠嗑,或者看一看车窗外。

某公一直躺在他的铺位上。其间,我几次喊他也下来坐坐,或走走,他都拒绝了。他说:"我就躺着。"

五个多小时的行程,我们到站了。

下车,某公连忙伸胳膊蹬腿,嘴里还不停地喊:"难受死了,难受死了。"

忙问他哪里不舒服?难怪这一路都是在铺位上躺着。

他说:"睡又睡不着,翻身又翻不了,你直挺挺躺五个小时试试看?"

原来是躺的时间久了,不舒服啊。我笑问他:"既然躺着不舒服,那你为什么不下来坐一坐,走一走,活动活动?"

某公一字一顿地说:"谁像你那么傻,买了卧铺却坐着,或者站着,那你买卧铺的钱,岂不是白花了?"

他的回答,让我错愕不已。原来,这才是他虽然难受、不舒服,却依然坚持一路躺在自己买的卧铺上的原因啊。在某公看来,既然花高于硬座近一倍的价格买了卧铺,就应该躺着,哪怕躺着难受,这样才不"吃亏"。

不要笑某公,生活中,很多时候,很多人都会自觉或不自觉地,遵循着某公的逻辑。

一次,某人往某地旅游,因为普通客房都预订完了,无奈,只好订了一间高级单人房,价格是普通客房的一倍多。第二天一早,酒店里其他客人,都早起去景点游玩了,某人却一直窝在客房里,直到下午2点,截至退房时间前,才姗姗退房,走出宾馆,去景点随便看了几眼。

他为什么赖在酒店的房间里?因为,他觉得,自己花了那么贵的价钱,如果只睡一晚上就匆忙退房离开,实在是太不值得了。于是,他宁愿不去看风景,也要在他花了高价钱住的房间里,多待一会儿,多躺一会儿。

我有个同事,有个习惯,每到月底,都会用手机看两三部电影。问题是,他并不是一个喜欢看电影的人,那他为什么一定要在月底,连看两三部电影呢?原因竟然是,月底了,他的手机流量还没有用完,为了不浪费,他总是突击熬夜看电影,一部接着一部,直到将流量包用完。他觉得这样做,值。

很多时候,是我们忘了,坐卧铺的目的,与硬座、无座,抑或软卧的目的其实一样,那就是到达目的地,它们的区别只在于,你是站着、坐着,还是躺着。

当现状成了最好的状态

50岁前,我几乎一直对现状不满。

升职缓慢,事业无成,让我不满;生活琐碎,日子艰难,让我不满;儿子学业不精,荒于嬉戏,让我不满;房子不够大,票子不够多,车子不够档次,让我不满……

没错,现状总是让我不满。因为不满于现状,我一直竭尽全力,试图去改变现状,乐此不疲。这些年,一个个"现状",在我的努力之下,或被击溃,或被推倒重来,或发生天翻地覆的改变。

对现状的不满,并试图一次次改变现状,成了我生活的最大动力。

可是,50岁,也许是更早的48岁的某一天,我忽然发现,自己的一颗牙松动了,牙龈肿胀,苦痛不堪,无法咀嚼,难以吞咽。医生淡淡地说:"你这颗牙废了,必须拔掉。"

牙拔了,从此,我少了一颗牙。不是门牙,无碍形象,也一点不影响咀嚼,所以,我对此并不在意,甚至很快就忘记了这茬。但是,不久,新的麻烦又找上了门,别的牙也开始蠢蠢欲动。去大医院一检查,医生拿个小锤子,一边敲打,一边说:"这颗牙松动了,这颗牙也快不行了。"医生彻底检查后发现,因为牙龈暴露,结石太多,除掉已拔除的那颗,至少还有四五颗牙,出现了不同程度的松动,而且,会越来越松,直至最终不得不拔除。

我吓坏了,问医生,有什么办法能治好吗?

医生摇摇头,"不可逆。你这个年龄,牙齿一旦松动,摇晃,只会越来越坏。洗牙也好,治疗也罢,所有这一切,能做到的最好的状态,就是维持现状。"

也就是从那一天开始,我意识到,对我来说,也许我的身体和我的人生,都踏上了下坡路,现状,成了我能拥有的最好的状态。

不独牙齿,视力也一样。

年轻时,我的眼睛就近视,戴了几十年的近视眼镜,度数越来越深。不知道从哪一天开始,忽然发现,戴着眼镜也看不清了,看报纸,读文字,近在眼前的"小蝌蚪",怎么都迷迷糊糊了?上眼镜店一测试,除了近视,眼睛已经开始老花了。于是,为了能看清眼前的东西,又配了副老花镜。要命的是,这眼睛老花的速度,比当初近视的速度,更快。50度,100度,蹭蹭往上蹿。多么希望,眼睛能就此打住,维持现状,不要再继续老花和老化下去啊。

头发更是不争气。年少时,"笨人顶重发",我有一头浓密的乌发。不知道从哪一年的哪一天开始,冒出了一根白发,又一根白发。转眼之间,浓密的乌发变得花白了。花白且花白吧,不料落发也日渐厉害起来,拿梳子一梳,一缕一缕的掉,脑门越来越大越来越亮,发际线则像溃军的阵地一样,飞快撤退,真是让人肉疼,让人心惊。多么希望,头发你不要再白了,更不要无情地舍我而去了,维持现状,就这样花白着,就这样至少还没有秃顶着。

当然,还有更多的现状,一日不如一日。记忆力日渐衰退了,以前只是偶尔忘事,现状是几乎天天丢三落四;体力也急剧下降了,年轻时爬楼,如履平地,现状是走一点小斜坡,都哼哧哼哧显得吃力;精力更是每况愈下,以前做感兴趣的事情，可以几天几宿不睡觉，现状是看个球赛，上半场看完，下半场基本就没力气继续看下去了。

现状已不堪，更不堪的是，现状成了最好的状态，能维持现状，就已经是天大的幸事了。

这真是一件令人无比沮丧的事情，但它并不是最糟糕的。我们无法阻止衰老和年迈，但我们至少可以减少它的速度，让现状维持得更久一点。

年轻时不满足于现状，而努力而拼搏，与年老时，为维持现状，而尽心尽力，它们的目标其实是一样的：那就是努力让自己总是处于最好的状态。想想看吧，此时的状态，乃是余生中最好的状态，今天亦是最美好的一天，何不好好珍惜并享受它！

你在朋友圈的落寞与现实是一样的

她的一整天都是落寞的，因为，她兴致勃勃地在朋友圈发了一条消息，然而，大半天过去了，点赞的人数竟然还是个位数。

她有一个足够庞大的朋友圈。只要有机会，她会与任何一个有微信的人互加朋友，认识的、熟悉的、身边的，或不太熟悉的、刚刚认识的、一面之交的，她都会主动请求添加为朋友。这比现实中交朋友可方便多了，现实中，两个人从认识到结交为朋友，往往需要一个漫长的过程，而在手机里，只要扫一扫，两个人就成"朋友"了。她的朋友圈就是这样一天天壮大起来的，将她在现实生活中的孤单、寂寥和落寞，一扫而光。

在微信朋友圈里，她异常热情。谁发了朋友圈，她都会第一时间点赞；哪个需要投票，她都会积极投票并转发拉票；她加入了很多群，各地的、各样的、各行的；每天早晨，她都会在各个群里，发一个不知道哪里找来的花枝招展的链接，问候一下群友们；不管谁在群里发言发帖，她都会第一个竖起大拇指……一天中的大部分时间，她都在不停地刷屏、点赞、互动、关注，忙碌而充实的样子。

但是，当她发出一个自己的消息后，才发现，那些热闹其实都是假的，虚幻的，就像身处一个陌生的闹市一样，孤独和寂寞依然严严地包裹着她，一刻也不曾离去。

有人说，微信发出去没人回的寂寞，与收不到回信的寂寞，是一样的。

斯言善哉。

网络和智能手机，深深地影响并改变着我们的生活。过去，人们只能通过鸿雁传书来联络远方的亲朋或恋人，今天，网络使我们天涯若比邻。即使一个蜗居斗室的人，通过一部手机，也能与世界的任何一个角落紧密相连；纵使深夜，万籁俱寂，网络世界也是热闹的，手机里的朋友圈，也是热闹的。害怕孤单的人们，似乎任何时候，任何地方，任何境况之下，都能从手机的入口，轻而易举地走进一个热闹的世界。

然而，似乎总是人声鼎沸的手机里，很多人依然是孤独的，落寞的，忙碌而无所事事的。

你给朋友圈里的某个人发出一个笑脸和问候，久无回应，与你登门访友，而友不在或不见，它们的失落是一样的。

你在群里发了一个帖子，或者发表了自己的意见，却没有一个人回应，与你在单位的讨论会上大声地讲话，而无人理睬你，无人接你的茬，它们的挫败是一样的。

你讲了自己遭遇的一件糗事，或者转了一个搞笑有趣的帖子，却无人鼓掌，无人发笑，无人关注，与你饭桌上讲了一个冷笑话而毫无反响，它们的尴尬是一样的。

你拉了一个群，群里除了你鼓掌欢迎，自说自话外，没有一个人发声，与你身处一堆熟人中，而形单影只，无话可说，它们的孤单是一样的……

我想起了朱自清的那句话，"热闹是他们的，我什么也没有。"

说到底，朋友圈只是现实的一个倒影，某种观照。你在现实中的喜怒哀乐，在朋友圈里也一样。它只是换了一件衣裳或者马甲而已。

一个在现实生活里充实、丰盈、快乐的人，既不会在意，也不会刻意在微信朋友圈里找存在。道理很简单，因为在真实的朋友圈里找不到的友谊、价值和快乐，在微信朋友圈里，更不可能找得到。

另一只鞋子

几个人在海滨漫步，有人看到沙滩上有一粒石子，遂抬起一脚，踢向石子。

石子纹丝不动，没踢着。他的鞋却从脚上飞了出去，扑向大海的怀抱。"扑通"一声，倏忽就淹没在滚滚海浪之中。

这真是令人尴尬的一幕。

他低头看看自己的双脚，现在，只剩下一只鞋子了，另一只脚，光光的，白白的，站在细软的黄沙上。

他弯腰脱下了另一只鞋，拎在手上。这双鞋新买不久，穿着也蛮舒服，没想到因为自己的一个顽皮举动，不小心将其中的一只，踢飞到了大海里。鞋一定得成双成对才有用，现在，一只鞋没了，另一只鞋也就成了废物。

他沮丧地看着手里的这只"废物"，摇摇头。要你还有何用呢？心里一边这样想着，一边奋力将它也扔进了大海。

现在，大海多了一双鞋。

一个大浪打来，白色的浪花里，裹夹着一个黑色的物体。海浪将它推送到了沙滩上，推送到了他的面前。是一只鞋！他捡起来，是自己的鞋，左脚的。他是左撇子，习惯用左手，也习惯用左脚。也就是说，这不是他刚刚扔到大海里的那只，而是他踢飞到大海里的那只。

大海将他不慎踢飞到海水里的鞋，还了回来。遗憾的是，他主动将另一只鞋，又扔进了大海里，大海没有还回来另一只鞋。

真是尴尬至极，让人哭笑不得。

这让我忽然想起了一部关于一双鞋的微电影——

一个在火车站流浪的男孩，他的拖鞋彻底破烂了，无法穿了。他苦恼地看着来来往往的行人，他们脚下的鞋，让他羡慕。忽然，他看到了一双黑亮的童鞋，一个衣着整洁的男孩，在弯腰用餐巾纸，擦拭他的皮鞋。火车来了，人们争相上车，男孩也跟着父母，上车。因为太拥挤，男孩的一只鞋，掉在了站台上。他想回头去捡，然而，火车即将启动，匆忙上车的人流阻断了他。

流浪儿看见了这一幕，他走过去，捡起了那只鞋。流浪儿捧着那只鞋，这是一只多么黑，多么新，多么干净，多么漂亮的童皮鞋啊！

火车忽然"哐当哐当"启动了。

流浪儿赶紧赤着脚追了上去，他的手里举着那只锃亮的皮鞋，他要追上火车，将这只皮鞋还给那个被挤掉了一只鞋的男孩。男孩站在车门旁，试图用手接住奔跑的流浪儿举在半空中的鞋。

火车加速了，越跑越快。光着脚奔跑在站台上的流浪儿，累坏了，眼看着追不上火车了，气喘吁吁的他，奋力将手里的鞋扔向火车，扔向男孩。

奇迹没有出现，流浪儿没能将那只鞋扔进火车车厢，那只鞋跌落在站台的尽头。

然而，另一个奇迹出现了。火车上的男孩，忽然弯腰脱下了脚上的另一只鞋，扔向渐渐远去的站台，扔向流浪儿。

一只鞋，与另一只鞋，又合在一起了，成了一双鞋。

这是多么漂亮，多么善良，多么有爱，多么温暖的一双童鞋啊！这个只有短短四分钟，没有一句台词的微电影，感动了全世界。

"如果不是我的，我会把我得到的，还给你；如果我无法得到，我会把我有的，送给你。"人心有多美好，世界就有多美好。

被看得不好意思了

一个小伙子上了公交车，坐定，从包里拿出一个塑料盒，打开，"吧唧吧唧"吃了起来。车厢里立即弥漫了一股肉包子的气息。

有人掩鼻，有人干咳了几声，有人嘀咕了一句什么，但小伙子显然对这一切都没有看见或听见，继续吃。车厢里的气味更浓了。

隔了一排座位，与他相向而坐的一个女孩，看着他，看着他，就这么一直看着他。

他一抬头，与她的目光撞在了一起。他的脸红了，他不知道为什么一个陌生的女孩，会这么大胆地、牢牢地看着他，难道……

他慌乱地闪开目光，下意识地扫了一眼车厢，他看见，原来除了那位姑娘，还有不少人也都在看着他，有人的目光，干脆直接落在他手里的包子上。

他瞬间明白了，脸又一次红了。

他将吃了一半的包子，放回塑料盒，盖好，收进包里。嘴里的包子，则囫囵吞枣地咽了下去。他的脸上露出难为情的、歉意的笑。

他是被看得不好意思了，才意识到自己的不当行为，并及时予以纠正。一个人能被别人看得不好意思，而意识到自身的问题或不妥，这个人，大抵就不是一个恶劣的人。

单位里有位老同志，烟瘾很大，虽然单位明文规定，会议室不能抽烟，但有时会开得时间长了，或者讨论到了激烈处，老同志就会忍不住弹出一根烟，点上，吞云吐雾一番。因为资历老，别人也不太好意思讲他。

那天，会议开到半途，他又点上了一根烟。烟雾很快在不大的会议室内，弥散。

参加会议的人比较多，坐在他对面的女孩，曾经是他的部下，后来升职到了另一个部门。女孩闻到了烟味，皱了皱眉头。女孩发现是他在抽烟，话到嘴边，又咽了回去，但女孩目光紧紧地盯着他。

他抬头看见，她在盯着自己。

她看着他，他看着她。他忽然意识到了什么，瞅瞅手指上夹着的香烟，毫不犹豫地掐灭了。他第一次在会议室，掐灭了抽了一半的烟。事后，有人好奇地问他，怎么会自己将烟灭掉了呢？他说，是被她看得不好意思了，他知道她不喜欢烟味，而且，她新婚不久，也许已经怀孕了。所以，他才赶紧将烟掐灭了。而且，自此以后，他再也没在会议室抽过烟。

这是目光的力量。

很多时候，我们需要用语言或者行动，及时阻止一些人一些事，因为这是最直接、最干脆、最有效、最得力的方法，但也有这样的时候，我们不需要激烈的语言，也不需要可能激化矛盾的行动，而仅仅用目光，温柔而坚定的目光，注视他，提醒他，制止他。

一个在公共场合大声喧哗的人，可能因为你的目光，被看得不好意思了，不自在了，而主动闭上自己的嘴；一个手里拿着垃圾，正准备随便一扔的人，可能在你的注视下，被看得不好意思了，而多走几步，将它扔进垃圾桶里；一个正准备闯红灯的人，可能被他周围耐心等待的人的目光，看得不好意思了，而缩回自己的脚步……

被人看得不好意思了，是因为一个人的心智不坏，礼仪尚存，羞耻感还在，认知和判断能力未失。此刻，别人的目光就是善意的督促，温柔的提醒，有益的劝诫。这是一种期待，也是一种智慧，是劝止，也是鼓励。

人活着，当然不必事事在意别人的目光，但是，在你行进的路上，留意一下别人的目光，时而瞄一眼自己在别人眼中的形象，或许可以帮助我们纠正，保持正确的方向和姿势，走得更快更远。

一个人的历史上的今天

浏览朋友圈,有位朋友发了张照片,是他站在布达拉宫前的合影。这家伙喜欢旅游,据我所知,单西藏他就已经跑了好几趟,以为他又去西藏了。细看文字,才发现不是,而是一张旧照:"12年前的今天,第一次入藏,与神圣的布达拉宫合影,激动的心情至今历历在目。"

有意思的是,他竟然清晰地记得,是在12年前的今天。

忽然想,12年前的今天,我在做什么?我没有写日记的习惯,12年前的今天,早已忘得一干二净了。我之所以不能像朋友那样,记住这一天,一定是因为我的12年前的今天,像今天一样平淡无奇。

忽然又想,我已经走过的51年的岁月中,有没有哪一年的这一天,是有着一点特别意义的?在某一年的这一天,我或者是做了一件什么有意思的事,或者是见到了一个什么有趣的人,或者哪怕是发生了一点什么意外?思来想去,似乎也没有。

很显然,51年来,所有的这一天,我的生活都平淡无奇,甚至可以说是了无趣味。

我们的日子很平淡，日复一日，月复一月，年复一年，这辈子就过得差不多了。对一个人来说，你已度过的时光，就是你的历史，那么，此后，每一年的每一天，你都可以在自己的"历史长河"里，找到若干个对应的日子，你的历史上的这一天，有什么值得记住的，让你终生难忘的吗？

　　我想，再寡淡的人生，也总是有你值得记住的一些日子的。

　　我们能记住的日子，一定都是特别的。

　　最难以忘怀的，当然是我们自己的生日。若干年前的这一天，我们呱呱啼哭着来到了这个世界，从此开始了我们或平淡或惊奇的一生。不管你已有的生活是怎样的，自己生日这一天，都是值得我们铭记并庆贺的，为我们自己，也为了将我们辛苦地带到这个世界并抚养我们长大的父母。

　　一些特殊日子也是不容易忘记的，比如与爱人的结婚纪念日，比如你第一次与他或她约会，比如你第一次拥他或她入怀。如果你觉得自己是找到了这辈子的真爱，那么，你第一眼见到他或她的那一天，那一刻，你也会刻骨铭心，终生难忘。

　　还有些日子也是难忘的，高考的那一天，入职的那一天，升职的那一天，搬新家的那一天，买第一辆车子的那一天，头一次出国旅游的那一天……

　　有些意外，会让我们永远地记住那一天；有些大喜或者大悲，我们一辈子也不会忘记；有些虽然平淡，但对自己来说，却是很特别的日子，也是难忘的。

　　我的一位文友，勤勤恳恳写了大半辈子，虽收获不多，却对自己的文章第一次发表那一天，至今念念不忘；我的一位乡下长辈，是做木匠的，一直清晰地记得，他第一次去师傅家拜师学艺时的情景；而我自己，年少时读了18年的书，18个新学期，唯一记住的，是我10岁那年，父亲牵着我的手，翻山越岭，送我去邻村上学的那个雨天。

　　对其他人来说，这一天与其他的日子，也许毫无区别，但对我们来说，因为我们在这一天，遇到了一个人，发生了一件事，而使这一日熠熠生辉，与众不同，值得铭记。因而，在此后的生命旅程中，我们会对每一年的这一天，生出别样的情愫，纪念它，感怀它。

　　一辈子很漫长，一辈子也很短暂，能让我们记住的日子，其实并不多。在我们自己的历史之河中，之所以能有些日子让我们一辈子不忘，未必是因为发生了什么惊天动地的事情，也未必是精彩纷呈的，它很可能像其他众多的日子一样平淡无奇，但它是我们自己在生命的长河中打下的深深的、清晰的烙印，它是我们活过的证据，是值得我们记住和珍惜的。

　　这样的烙印多一些，深刻一些，有意义一些，当你垂垂老矣，打开自己的历史时，才不会遗憾。

我是一个容易上瘾的人

我是一个好奇心很强的人，也是一个很容易上瘾的人。

烟抽了二十多年，早上瘾了。其间戒过两次，有一次甚至戒了整整3年，以为大功告成，却在一个同事的婚礼上，因为一根喜烟，又复抽了。对酒也有瘾，烟酒不分家嘛，这两兄弟，我都没能抗住它们的诱惑。我知道它们对身体的伤害，但仍然不能自拔地成瘾了。

更多的东西，是当初并没有意识到它们可能的危害，而为其诱惑，终而成瘾。

比如手机。刚有手机那会儿，主要是打打电话，纯粹的通信工具，话费又贵，没瘾，也不敢有瘾。后来智能机出现了，手机的功能变得越来越多，慢慢就上瘾了。睡觉前，不翻翻手机，睡不着；早晨醒了，第一件事，也是打开手机，看看新闻，在朋友圈转转，然后才披衣起床；以前不认识路，问人，现在问手机，导航；以前家里少什么东西，就去逛逛商场，现在逛淘宝，买了无数并不需要或非急需的物品，成了剁手党；有了微信后，也恶俗地晒这晒那了，还到处点赞，也不知道赞的到底是什么。偶尔出门忘带手机了，或者手机没电了，顿觉六神无主，魂不守舍，仿佛世界末日到了。

被朋友拉去打了几次牌，又上瘾了，以致三日不摸牌，立感手足无措，寝食难安。而每次打完牌，半夜回家的路上，又觉无聊至极，白白耗费了生命，因而懊丧不已，决定再不回牌桌了。可是，没隔几日，朋友一招呼，又屁颠颠回到牌桌旁。

还有很多东西，有害的，无益的，有损的，无助的，只要接触了，我都很容易上瘾。我知道，之所以这么容易上瘾，是因为我并不是一个意志坚定的人，我身体里的多巴胺是我不能自控的。

因为深知自己很容易上瘾，所以，很多东西我从不敢接触，坚决不碰。越是有害的东西，似乎越容易让人上瘾。比如毒品，还比如小偷小摸。我做警察时，抓过很多小偷，让人不可思议的是，除了以偷为生的专业盗贼外，很多小偷，仅仅是因为偷瘾发作了，不顺走一点东西，他的手就痒，心不能安宁，于是贼手一伸再伸。我知道，像我这样容易成瘾的人，一旦接触到毒品，一旦伸过一次手，很可能就从此不能自拔，走向万劫不复之路。

避免自己成瘾的唯一办法，就是远离它们。

因此，我庆幸自己没有为官。倘若我有了一官半职，手中掌握了某种权力，央求我的人一定很多，给我送礼行贿的人也一定排成长队，我能抵挡住那些诱惑吗？恐怕不能，我也许会像许多被揪出来的贪官一样，受贿索贿成瘾，为贪婪之心所困，祸国殃民，也把自己送上了一条不归路。

我也万幸自己只是个普通人，没有成为什么明星大腕，巨贾名流。倘若我成了名流大亨，在美色面前，在利诱面前，恐不能坐怀不乱，不为所动，难以抵抗酒色财气的诱惑，就像现在的很多明星大咖一样，久浸成瘾，留下一大堆不堪的孽债，风流债，污染世风，为人所不齿。

我乃凡夫俗子，也是一个容易上瘾的人，且一旦成瘾，难戒，难除，至今还残留着很多小瘾头，好在这些小瘾，只伤自己，不殃他人。当然，也不是所有的瘾都是有害无益的，安贫乐道，小瘾怡情，又有何不可？我亦有恋恋不舍的小雅之瘾——

写字成瘾三十余年算一桩，爱老妻成瘾二十又四载，是另一桩。

我们每天都在暴殄天物？

儿子问妈妈："什么叫暴殄天物？"这是他新学的一个词。

妈妈说："暴殄天物啊，就是任意糟蹋东西。"

儿子又说："你给我举个例子吧。"

妈妈想了想，说："比如我做了一桌好吃的饭菜，但是你和爸爸都没吃几口，最后只好倒掉了，这就是暴殄天物。"

儿子歪着头，做沉思状，半晌，说："我明白了。"

妈妈赞赏地摸摸儿子的头，说："那你用这个词造个句子吧。"

儿子自信地点点头，一字一顿地说："我们一家都暴殄天物。"

一旁的爸爸瞪了儿子一眼，造的什么破句子？我和你妈妈辛辛苦苦，省吃俭用，为的就是把你拉扯大，让你接受好的教育，我们一家怎么就暴殄天物了？

儿子别过小脑袋，不服气地说："我们一家就是暴殄天物！"

爸爸静了静，说："那你倒是说说看，我和你妈妈怎么就暴殄天物了？"

儿子说:"那我就先说妈妈吧。妈妈一点也不知道惜顾自己的身体。她上班很累,回家又要洗衣做饭,很辛苦。能够休息的时间本来就不多,但晚上还经常出去跟几个阿姨打牌,一玩儿就玩儿到很晚。有时候不出去打牌,就瘫在沙发上,不是看电视,就是玩儿手机。一天到晚不运动,生活方式很不健康,把身体都搞垮了。我记得小时候,妈妈又漂亮,又苗条,还喜欢运动,脸色红润,人家都说我妈妈健康漂亮。可是,现在妈妈又胖又虚,她这样白白糟蹋了自己的健康,是不是暴殄天物?"

听了儿子的话,妈妈像个孩子一样,低下了头。

儿子接着说:"我再来说说老爸您。我们这个家庭,本来很幸福,很温馨,一家人在一起,多快乐啊。可是,自从你升职之后,你似乎就不那么在意我们了。经常在外面应酬、喝酒、打牌,常常三更半夜才回家。我都长这么大了,你陪伴我多少次?反正我记得的不多。妈妈都有好多根白头发了,你陪伴妈妈又有多少次?妈妈跟你吵架时说,这个家就像旅馆一样。我觉得妈妈讲得一点也不过分,你就是很少陪伴我们,也不在意我们,可我们是一家人呐,家是一个多么温馨的港湾啊。您说说,放着这么温暖幸福的一个家,你却无视亲情,是不是暴殄天物?"

爸爸赤红了脸,无语。

过了一会儿,爸爸说:"你的批评我们接受。但是,你不能像个手电筒,只照别人,不照自己。你不妨也说说,你有没有暴殄天物?"

儿子低垂了头,喃喃地说:"我、我也暴殄天物了。我喜欢玩儿游戏,一玩儿就忘记了时间,忘记了作业,把宝贵的时间没有用在有意义的事上,这是暴殄天物。还有,去年妈妈给我买的新衣服,我因为不喜欢款式,只穿了一次,就不肯再穿了,也是暴殄天物。我知道你们对我好,但有时就是不愿意配合你们,故意要跟你们对着干,弄得我自己跟你们都不开心,这、这也是暴殄天物。"

听着听着,妈妈忽然扑哧一声,乐了,爸爸也笑了。儿子的自省,让他们感受到,儿子真的在慢慢长大。

爸爸拍了拍儿子的肩膀，说："重要的不是你今天又学会了一个词，而是让我们也明白了一个道理，我们可能真的自觉或不自觉地暴殄天物了，家庭、亲情、健康、时间、青春，这些美好的东西，往往也是最容易被忽视的宝贵财富，当你冷漠了家庭，忽视了亲情，透支了健康，糟蹋了时间，挥霍了青春，那不就是暴殄天物吗？我们再也不要每天都在暴殄天物而不自知了。"

爸爸、妈妈和儿子，击掌而笑，他们的快乐从窗户飘出来，在小区上空，久久回荡。

堵成一条线

不知道什么原因,前面又堵车了。

前车往前动了一点,我赶紧轻踩油门,也往前移动。又不动了。

半晌,前车又动了,但只前行了半个多车身,又停住了。我正犹疑着要不要跟上,忽然,从右侧斜插进一辆车,半个车身别在我前面,将我堵死。

探头看看前方,堵了很长的队,我干脆熄了火。前方开始松动,车流缓缓向前移动。连忙启动汽车,慢慢前行。但没走几步,又不动了。

一会儿,右侧车道先动了,但我们这条车道还没动静。刚刚斜插到我前面的车,见状猛打方向,又返回了原来的车道,与后面正常行驶的车,差一点撞在一起。他们的前面,空出了一小截,最右侧车道的几辆车见状,一打方向,变更车道,又卡在了他们前面。

几个车道上的车,都不动了,堵成一团。

我叹口气,无奈地对坐在副驾驶的客人说:"经常堵车,没办法。"他是我们单位请来的技术人员,是一位华侨,我刚刚从机场接到他。

他说:"没想到国内现在这么堵。"

我说:"国外不堵车吗?"

他说:"也有堵车的时候。但是,"他指指前方接着说,"我们那儿堵车,会堵成一条直线,一辆车跟着一辆车,都规规矩矩地行驶在各自的车道上,不会像咱们国内这样,一堵,就堵成了一锅粥,一团糟。"

这是一个上坡,因此,坐在车里,也能清楚地看见前方的状况:原本宽敞的四车道,现在变成了五车道,甚至六车道,大大小小、五颜六色的车子,歪歪扭扭、横七竖八地堵在一起,你挡住我的车头,我占住他半个车道。地面上的车道线,早不见了踪影。

他又指着右前方那辆车,摇摇头,说:"就像这辆车,一会儿在这个车道行驶,一会儿又突然变更到另一个车道,哪里有一点点空隙,就插到哪边去,使本来就拥堵的道路,更加混乱和危险。"

我点点头。越是堵,大家越是往前挤,见缝插针,互不相让,结果是你堵我,我堵你,最终都动弹不得。

我告诉他,碰到节假日,高速免费的时候,更是堵得一塌糊涂,往往是前方出了事故,警车和救护车都开不进去,因为作为救生通道的紧急停车道,都被挤占了。

他说:"我看过国内堵车的照片,很壮观,也很混乱,成百上千的车辆堵成一团,用一团乱麻来形容真是一点不过。"他感慨道,"什么叫素质?从堵车就可窥见一斑。所有被堵的车,能一辆接着一辆,停在各自的车道,堵成一条线,而不是你争我抢,横行霸道,乱七八糟,那就是遵章,那就是守纪,那就是素质……"

他说话的当口,左右两侧的车道,都开始缓缓往前移动了,而我们这个车道,还没有动静。我差一点本能地变更到别的车道,我忍住了。所幸我们的车道也开始移动了,我跟着前车,缓缓向前驶去。

我不会为难你，但生活会

因为午饭问题，儿子和我"杠"上了。

放暑假后，儿子的午饭一时成了难题。我和妻子工作都很忙，两个人都没时间中午赶回去给他做午饭。以前的暑假，都是他奶奶从老家赶来，照顾他，但现在奶奶年纪大了，身体又不大好，便没让她过来。

但儿子每天得吃饭啊，怎么办？

我提了两个选项：一是他自己学会烧饭。我们早上会把菜买好的，想吃什么，就自己烧什么；二是每天中午骑自行车来我单位的食堂吃饭。儿子太"宅"，缺少锻炼，这样既可以解决中饭问题，又活动了身体。

儿子却觉得，自己根本不会做饭，也不想学做饭，而为了吃一顿饭，这么热的天，来回骑自行车，又太热，太累，还浪费时间，不值得。总之，他认为，我这是在为难他。

我当然不是为难他，只是要解决现实的问题。

在儿子看来，不光是一个午饭问题，在很多事情上，我都是故意为难他——读中学后，学校离家远了，但家门口不远就有公交车，我就让他自己每天坐公交车上下学。他认为我不再像小学时那样，每天开车接送他，就是为难他，对他没小时候那么好了。

学校布置任务，让学生利用假期，参加一些有益的社区活动。但很多家长觉得这样太浪费孩子学习的时间，没有什么意义，于是就帮孩子拿着表格，直接去社区盖个章了事。儿子也求我帮他去社区盖个章，我没答应他，让他自己去社区报到，参加适当的活动后，自己去盖章。儿子觉得，我这是故意为难他，这点小事都不肯帮他忙。

儿子在学校与同学发生了矛盾，据说对方家长气势汹汹找到了老师，我没去。一则冲突不大，二则我希望儿子能够遇事自己解决。儿子觉得我没有像别人的爸爸那样，为他助威，帮他出气，虽然这事后来在老师的主持下，两个孩子自己解决了。

儿子认为，随着他长大，我对他的照顾越来越少了，对他的关心越来越少了，对他的爱也越来越少了，更让他郁闷、不解和生气的是，我对他的为难甚至刁难，却越来越多了。

亲爱的儿子，我从来也不会刻意去为难你。如果你觉得我做的这些，都是为难你的话，那么，我要告诉你，这不是我在为难你，你是我的孩子，我怎么会刻意为难你，与你作对呢？但是，生活一定会。生活不会放过你，如果它今天没有为难你，那么，明天一定会。而且，逃无可逃。

我不会刻意让你吃苦头。作为你的父亲，我多么希望你这一生，都不要吃任何苦，受任何罪，一辈子舒舒坦坦，平平安安，快快乐乐，幸幸福福。但是，生活迟早会让你吃苦头，栽跟头。

我也不会刻意折腾你。如果能够让你做什么都顺顺利利，不走弯路，不走歧路，不走断头路和回头路，人生将多么轻松，多么淡定，多么从容。但是，生活从来就不是一帆风顺的，它绝不会对任何人心慈手软，它总是会以这样那样的面目阻挠你，限制你，折腾你。

我更不会刻意让你遭受任何打击和委屈。人生苦短，不遭遇失败，不被人误解，不受人指使，不看人脸色，是多么美好的一件事情。小的时候，你只要皱一皱眉头，嘟一嘟小嘴，都会让我们心疼不已。但是，生活一定会在你的人生路上，埋下这样那样的坎，布下大大小小的坑，让你猝不及防，伤痕累累。

是的，在你成长途中，我不会刻意去做任何与你过不去的事情，我不希望你受苦、遭罪、委屈、痛苦、伤心，但是，正如我说的，生活不会放过你，它在给你带来满足、成功、幸福和快乐的同时，一定会给你制造更多的失落、失败和失意，躲是躲不掉的，逃是逃不掉的，忽视或无视它，也是绝不可能的。

我写下这些，是要告诉你，生活给你的，不仅有坦途，也有坎坷；不仅有光明，也有黑暗；不仅有快乐，也有悲伤；不仅有快意，也有失意。我们无法取舍，但我们可以选择怎样去面对。

要不要与有没有

朋友老王当初准备在小区开一家小吃店时，大家都不看好，因为已经有两家类似的小店了。但老王的小吃店，还是开张了。正如所料，生意清淡，没什么顾客光顾。

老王咬牙坚持，有人从店门口经过，不管认识不认识，老王都热情地吆喝一声，"热乎乎的包子、馒头，要不要来几个？""热乎乎的豆浆、豆脑，要不要来一碗？"大多摇摇头，走了。也有一两个邻居或熟人，磨不开情面，停下来，买上一两个。老王的小吃店，就这样艰难地熬着。

撑了几个月，生意半死不活，勉强维持。老王思忖，问题到底出在哪儿？有熟客热心地给老王提建议，别人卖包子，你也卖包子，但你的包子没别人的好吃，自然就没什么生意。简单的道理，一语惊醒梦中人。老王搬来了救兵，找来一个在大酒店做了好多年的面点师亲戚，一来帮他提高包子的质量和口感，二来顺便跟着他现场学一学手艺。果然灵验，面点师做的包子，很快就赢得了食客的口碑，一传十，十传百，老王的小吃店，渐渐火了起来。

虽然小吃店的生意好转起来了，老王并不满足，他觉得，一家小吃店，仅仅包子好吃还远远不够，他要让自己的小吃店品种更丰富，吸引更多的食客。他通过那位亲戚，利用空闲时间，到那家大酒店打短工，实则偷师学艺。几个月下来，他悄悄学到了不少厨艺。他的小吃店的品种因而越来越丰富了，而且口味都很独特。

顾客蜂拥而至。如今，老王的小吃店规模扩大了一倍多，每天生意火爆，请了几个帮工还忙不过来。另外两家小吃店，则门庭冷落，眼见着难以为继。

现在，老王再也不用站在小吃店的门口，吆喝拉客了，情形变成了这样：顾客走到门口，问老王，王师傅，你们的包子还有没有了？或者是，锅贴饺子还有没有了？馄饨还有没有了？豆腐脑还有没有了？

要不要？那是你央求别人。有没有？那是别人相中你、肯定你、认定你。这就是我的朋友，小吃店的老板老王，总结出来的人生哲学。他喜欢拿自己的故事教育他的正在大学读书的孩子，将来你毕业了，四处找工作，问人家老板要不要你，这就好比我当初四处吆喝，拉人家上门吃个包子，喝碗豆浆。如果你这四年好好学习，练就了一身本事，人家老板会主动找到你们学校，问你们有没有这个本事的学生，有没有那个能耐的学生。同样是包子，同样是一个大学出来的，区别就在这儿。

老王的话很糙，但我觉得，他说的理不糙。要不要，是推销，央求，只是你的需求；而有没有，那才是真本事，是别人对你的肯定和需求。

小到一个小吃店的包子，大到职场人生社会，都大抵如是。

与陌生人撞个满怀

春日,在皖南一小镇悠闲游走,不宽的街道上,行人不多。

迎面走来一小男孩。我看见了他,他也抬头看见了我。他背着书包,急急地行走,也许是要赶去上学吧。我赶紧向右侧让他,没想到,他也向我的右侧走。看得出,他这是有意要让我。

但这不行啊,两个人都往同一侧让,岂不是要撞在了一起?见状,我连忙又向左侧让开。可是,几乎是同步,小男孩可能也意识到了这一点,他也匆忙向我的左侧避让。

这孩子,怎么我往哪边让,他也往哪边让啊。我又急忙向右让,他竟然也同时向我的右方让。已经让不开了,我和小男孩撞了个满怀。

我笑了,顺势轻轻拍拍小男孩的肩膀。小男孩憋得满脸通红,结结巴巴地说:"叔叔,对、对不起。"

"可爱的孩子,这有啥对不起的,我们是因为互相礼让,才撞在一起的。"

因为让路,我与一个陌生的小男孩撞了个满怀。这是我在这个陌生的小镇,邂逅的最美的风景。

在一次聚会上，我与朋友们讲述了这件小事。想象着我这个大胖子中年男人，与一个陌生小男孩，手忙脚乱地撞在一起，大家都乐坏了。

很多人都有过类似的经历：路上，与迎面走来的陌生人，你让我，我让你，结果撞了个满怀。

一位朋友说，看到过一个笑话，一个大爷在路上走，对面一个小伙子骑着自行车过来，大爷连忙让向一侧，小伙子也急忙让向了那一侧。大爷见状，赶紧又让向另一侧，没想到，小伙子也同时让向了另一侧……结果，小伙子的自行车不偏不倚地撞到了大爷。好在大爷早有防备，没有被撞倒，无碍。有意思的是大爷对小伙子说的那句话，"你这是要瞄准大爷撞啊。"小伙子当然不想撞大爷。不但不想撞，而且是想让，礼让，一再礼让，这才撞在了一起。他和大爷，都是好人。

朋友分析说，迎面两个人，一人谦逊礼让，一人顾自霸道，两个人不会撞在一起；一个慢性子，与一个急性子，也不会撞在一起，因为急性子的先让了，慢性子的一看，你往哪边让了，那我就不急不慢从你的另一边走得了；聪明人一般也不会与人撞在一起，聪明人看见你和他让向同一侧，就料定你马上还会再让向另一侧，于是，他只要径直走过去，就不会相撞了。但两个都是聪明人，反而更容易相撞，因为你以为他会再让，他也以为你会再让，结果，两个聪明人在礼让了一次之后，都径直自信满满地迎头走了过去，于是，聪明人的鼻子与另一个聪明人的鼻子，就撞成一团啦。

在行迹匆匆的人生路上，与陌生人撞个满怀，这真是一个既有趣又有爱的事情。它撞出的，是满满一怀的快乐。

第 4 辑

The Fourth Volume

我只是喜欢
我有的东西

吃喝拉撒,喜怒哀乐,这就是我们人生的常态,你无法逃脱,也无法跳跃,更不可能一次享尽,那就安享人生每一个时段,安享每一个看似烦琐又重复的过程吧。

每个人都有一颗院子的心

我们的朋友丹,终于下手,买了一套房子。消息在朋友圈不胫而走。

房子在哪个小区?多少钱一平方米?是不是地铁房,学区房,或者江景房?丹回复大家,房子在幸福小区,20世纪80年代的老房子。大家都傻眼了,以丹的眼光,怎么会看上那样老旧的房子?

几个朋友相约,去看看丹的房子。

幸福小区,真是又老旧,又破败了,剩下来的住户,大多是老人,空气里弥散着一股衰老的气息。丹掏出钥匙,打开门,大家走进去。有人瞄了一眼,就准备退出来。这样老旧的房子,真没有什么好看的。丹又打开了客厅通往阳台的门。一道阳光,骤然洒了进来。

院子!天啊,不是阳台,是院子,好大的一个院子!

丹笑着对大家说,为了找到一个带院子的房子,我足足寻找了大半年,这个房子房东一挂出来,我就赶过来了。房子只有不到六十平方米,可是,这个院子,就有七八十平方米。与其说我是买下了这座房子,不如说,我是看中了这个院子。

所有的人，都涌进了院子。方方正正的大院子，目测有半个篮球场那么大。除了在农村，或者高档别墅，你很难看到这么大的院子了。丹，捡了个大漏。

大家啧啧赞叹，真是太好了，太好了，这么大的院子。

五六个人，站在院子里，就像一个大花坛里，点缀了几棵小花草。

有人问："丹，院子你打算怎么装修？"

她没问房子怎么装修，而是院子。没错，是院子。大家七嘴八舌，议论这个院子，该怎么设计，怎么装修，怎么利用。

有人说，多种花，墙角一定得种上竹子。有人说，栽几棵果树吧，果子成熟时，大家来你的院子摘摘果子，喝喝啤酒，晒晒太阳，多美！有人说，拐角可以弄个小菜园。我从小就梦想有一块小地，自己种点小葱啊，青菜啊什么的。厨房里烧着鱼，转身来院子里摘几棵新鲜的小葱，撒进去，满屋子的葱香。有人说，不要菜园，太俗了。院子这么大，足以弄个小水池了，再弄几块石头，养点鱼啊，龟啊，石头上最好再长点青苔，多有意境啊。

大家你一言，我一语，出着主意。对别人的房子，我们从来没有这么热情、上心过，但这一次不一样，这个房子有院子。房子是丹的，院子是丹的，但院子似乎也是大家的。每个人都在自己的心中，按照自己的意愿和设想，给这个院子，勾勒出了一幅幅蓝图。

丹的房子开工装修了。一个老旧的，又那么小的房子，还能装修成啥样？但这一次，我们和我们的朋友丹，都倾注了极大的热情。丹在朋友圈里，每天更新装修的进度，看着院子一天天变着样，大家就像看着自己的孩子，健康茁壮地成长一样，开心。

丹搬家那天，赶去祝贺的朋友，全都聚在了院子里。新铺的草皮绿油油的，沿着墙根移栽的竹子，也已经发出嫩芽。在这座老旧的小区里，楼房的墙都斑驳了，裂着纹，或褪了皮，但我们在丹的院子里，嗅到了泥土的清香，以及开始扎根的植物们青涩的味道。

现在，我们经常在丹的家，不，准确地说，是在她的院子里聚会。前年栽种的葡萄藤，已经顺着铁丝爬上了头顶。它也许打算开花结果了。

今年夏天，我在皖南山区的峡谷里游玩时，捡了十几块光滑的好看的小石头，我要送到丹的院子里，成为鹅卵石路的一员，它将是朋友们共同铺就的一条鹅卵石小路。

我们的朋友丹，请原谅我们总记挂着你的院子，我们这些住在高层公寓的人们，这辈子也不可能有一个自己的院子了，我们希望，你的院子，就是我们心中梦想着的那个院子。

舍不得

　　天忽然降温，朋友的妻子为他买了件厚实的冬衣。朋友试了试，很暖和，很轻盈，质感很好。但看到标签上的价格，朋友的心"咯噔"了一下：太贵了！他在心里盘算了下，这个价格，相当于自己一个多月的工资。朋友坦承，这么贵的衣服，他是绝对舍不得给自己买的。

　　朋友是个小气人吗？不是。他喜欢喝酒，再贵的酒，他都舍得，尤其是与朋友们在一起聚会的时候。他还喜欢写写画画，这并非他的专业，而纯粹是业余爱好，按他自己的说法，随性涂鸦而已。但是，为了这个爱好，再贵的纸，再贵的笔，再贵的墨，他都舍得买。这两个方面，他出手极其大方，从不犹豫。但是，你让他花钱为自己买衣服，他就是舍不得，哪怕几百元钱一件的普通衣物，他也觉得贵，不值，因而舍不得。

　　那么，朋友的妻子，是个花钱如流水的人吗？也不是。不但不是，恰恰相反，在很多人的眼中，她是个节俭到简直有些抠门的人。有例为证。朋友说，有次他们一家去某地游玩，到了中午，一家人都又饿又累，山上只有一家餐厅，菜的价格比山下贵很多，连一碗大排面，都要三四十元钱，几乎是山下的两倍。妻子只点了两碗面，一碗是丈夫的，一碗是女儿的，她坚称自己爬山累了，没胃口。他知道妻子其实并不是没胃口，也并非不饿，她只是舍不得。最后，在他的坚持下，她才和朋友分享了一碗面。

这样一个"吝啬"的女人，为丈夫、为女儿，却什么都舍得。单位组织旅游，单位出一半费用，个人拿另一半，她一合计，自己要拿出两三千元，算了，不去了。女儿暑假想参加一个游学夏令营，半个月，一万多元，她觉得这对女儿来说，是一次难得的锻炼机会，所以，眼皮都没眨，就满口答应了。她自己穿的衣服，大多是在四季青买的，价格实惠，而她给女儿和丈夫买的衣服，却都是大商场里买的，品牌的，她觉得那样的衣服，女儿穿着才健康，漂亮，丈夫穿了才体面，有档次。

很多时候，一个人舍得或舍不得，不纯粹是因为大方或小气，而是因为他的心里有杆秤，权衡它值不值当。为自己喜爱的人，或自己喜欢的事与物，再贵，也舍得；反之，纵使再便宜，也舍不得。我的一位同事，平常出门打个出租车都舍不得，却舍得每个月末都花几百元钱坐高铁回一趟老家，就为了专程陪七八十岁的老母亲吃顿晚饭，因为他觉得这是值得的。

有的人，是对别人舍得，对自己舍不得。这样的人，就是我们常说的那种大方的人，大度的人，慷慨的人，有着宽广的胸怀。反过来，也有的人，对自己很舍得，对别人却很抠门，锱铢必较，这样的人，往往小气，自私，心胸狭隘，格局不大。

有的人，对孩子特别舍得，孩子的要求，孩子的愿望，往往都会满足，甚至到了无原则，无底线，成了溺爱。有的人，对孩子舍不得，对自己的父母却很舍得，总希望在父母有生之年，能让他们吃得好一点，穿得好一点，住得好一点，安享幸福晚年。这都是出于爱，却又是不尽相同的：对孩子舍得，往往是把自己的希望寄托在了孩子身上；而对父母舍得，是因为有一颗感恩之心。

对同一个人，同一件事，同一个物，也是会变化的。以前舍得，现在舍不得了，那肯定是因为不再喜欢了；以前不舍得，现在舍得了，那多半是因为喜欢上了，或者看开了，想通了。衡量一个人对你好不好，最靠不住的是语言，其实只要看看你喜欢的，他舍不舍得，就能大致判断出来了。

　　有舍得的，就必有舍不得的，反之亦然。一个人，这也舍不得，那也舍不得，不是守财奴，就是恋物狂，最终为物所累，为钱所困，为情所伤，戴着镣铐跳舞，成了人生的奴隶。懂得舍得，就是明白了生活的真谛。

鱼和水

最融洽的夫妻关系是什么？当然是鱼和水，所谓鱼水之欢。

问题是，谁是鱼，谁又是水？很多时候，往往两个人都误以为自己是水，而对方是鱼。也就是说，自己才是付出更多更重要的那一方，而对方则像鱼儿离不开水一样，是依附于自己，离不开自己的。

事实上，在和谐的夫妻关系中，一个人应该既是水，也是鱼，对方亦然。

当你是水的时候，给鱼氧气、空间和生命；反过来，当你是鱼的时候，你从水那儿，获取爱和尊严。双方都想只做鱼，不做水，两个人都活不了，爱情不会长久；双方都只做水，不做鱼，水便失去了活力和吸引力，爱情同样难免夭折。

没有鱼的水，是死水一潭，了无生机；没有水，或离开了水，鱼更活不了。

鱼都喜欢活水，流动的水，自身才有生命力，散发出"哗哗"的魅力，也才能给鱼更多的活力和机会，鱼儿在流水中游弋的身影，才是最美的。活水，就像一个人的性格，所以，当你是水的时候，不要做沉寂的死水，让自己活泼起来，才能不但给自己带来快乐，也给鱼以幸福。

鱼也都喜欢深水，而对一个人来说，深度，就是你的胸怀，你的格局。水越深，对鱼来说，世界才越广阔。

水从不会害怕，鱼在水中折腾，嬉戏，跳跃；水亦从不会试图束缚鱼，而总是力图给鱼最大的空间，最大的自由。好的夫妻关系，也绝不是谁将谁绑在裤腰带上，他们的心是紧紧连在一起的，而他们的灵魂，又是独立自由的。

水中的鱼，都喜欢逆流而上，希望找到水的源头，这没什么可怕，没有一条鱼会因为好奇心，而忘记了回家的路。也有的鱼，奔着，跳着，闹腾着，一不小心就把自己折腾到了岸上，这是一条鱼难免会犯的错误，水亦大可放心，如果它不想成为一条鱼干的话，它一定会迷途知返，重新回到水的怀抱。好的夫妻关系，短暂的离别，一时的分歧，只会使两个人的关系更紧密而融洽。

永远不要以为自己是水，而对方是鱼，觉得自己是慷慨的给予方，或者大度的牺牲者。这个世界上，谁离开了谁，都可能活得同样不赖。也永远不要以为自己只能做鱼，只配做鱼，就算你别无长处，贡献不大，甚而一无所有，你的爱，于对方来说，就是最深的海洋。

好的夫妻关系，就犹如这鱼和水。人与人之间别的亲密关系，比如朋友，比如合作伙伴，也一样。

上一次

　　一帮朋友聚会，有人忽然抛出一个问题：你有多久没有看到过日出了？

　　日出？还真很久没有见到过了。一个人说："我上一次看到日出，还是去年春天回乡探亲，早起，陪老父亲下地干活，看到一轮红日，从地平线上冉冉升起。"另一个人说："我已经很多年没有看到过日出了，印象里上一次看到的日出，是好几年前在泰山上看到的，非常壮观。"

　　这个话题一下子引起了大家的共鸣。小时候几乎天天都能看到的日出，竟然很久没有见到过了，原因很多，难得早起，越来越高的城际线阻挡，雾霾等，都使日出这个景象，远离了我们的日常生活。

　　话题又扯开去，有人又问："上一次与家人在一起吃饭，是什么时候？"

　　提这个问题的人，是一家公司的销售经理，经常出差，经常应酬，经常过家门而不得入，更别说与妻儿、父母围坐在一起，安静地吃一顿饭了。他说，他上一次与全家人聚在一起吃饭，还是两个多月前，那天是妻子50岁生日，父母正好从老家来，在外地读大学的儿子还没开学，岳父母也特地赶过来，自己又提前推掉了所有的约会和应酬，这才难得一家人围坐在了一起，吃了一顿团圆饭。

没想到，他的问题也是大家的。有人说，自己一家四口，虽然都在同一个城市上班或上学，但是，不是你今天单位加班，就是他有应酬；不是你有这件事，就是他突然有了另外的安排，总之，一家人很难聚在一起，常常是妻子做了四个人的饭菜，实际回家吃饭的，只有一两个人。上一次一家四口聚齐了在家吃饭，好像还是年夜饭那顿。

大家感慨不已，一家人都难得在一起吃顿饭，这日子过得是真忙碌啊。

话题继续发散——

上一次完完整整看过的一本书是什么时候，什么书？

上一次做过的好事是什么？

上一次的梦想是什么？

上一次大汗淋漓是什么时候？

上一次为什么而泪流满面，激动不已？

上一次回乡下老家看望故土和亲人，距今多久了？

上一次出远门是什么时候，到了哪里，和谁去的，感觉怎样？

……

每一个上一次，都是对当下生活的一声拷问。

上一次，仿佛很近，可能很久远。生活节奏紧张了，人们更愿意向前看，往前奔，朝前赶。当我们偶尔驻足的时候，不妨回一回头，回首自己的来路，问一问自己，你为什么这么神色匆忙，你跑得这么快，到底得到了什么，又遗落、错失了什么？

上一次，不仅仅是一个人的生活足迹和印记，还有你对于生活和人生的态度。你忘记了上一次看到的日出，很可能是因为你的生活，已经缺少或失去了阳光和激情。

上一次是为了再一次，是不改的初心。

一半

刘德华在央视《开讲了》，讲了一个故事，说一个朋友想请他帮忙约范冰冰，华仔没同意，认为这是不可能的事情。后来，那朋友跟华仔说，他已经自己约了范冰冰一起游泳，并且成功了一半。华仔不解，朋友笑答，"我去了，她没去。"

又看到以色列作家道格·李普曼的一篇文章。一个人在教堂里不停地祈祷了整整一上午，希望富人能够将自己更多的钱捐给穷人。回到家后，他的妻子问他，"你的祈祷成功了吗？"他笑着回答，"我走了一半的路，穷人已经同意接受了。"

除了自嘲的成分外，这两个故事，想表达的其实都是一个道理：我做了我做的，那就是成功了一半。

两个故事都是被作为心灵鸡汤类的故事来讲的，就是希望人们无论结果如何，都能保持一个良好的心态。

似乎很励志，可是，这真的算是成功了一半吗？

失败就是失败，50%是失败，99%还是失败。差一点成功了，就是没成功，就是失败。何况差一半，且是至关重要的一半？

胜不骄，败不馁，好的心态很重要，但是，类似的"成功了一半"，却只是一种自我安慰，自我麻痹，它只会使我们离成功更远。

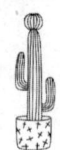

待它成熟

乡下老伯得了白内障，视力一日不如一日。先是远处的山影模糊，继而电视也看不清了，现在，连走到面前的人影都不辨男女。

吃药，没什么效果；去乡里的卫生院打了几天点滴，还是无济于事。城里的儿子赶回来，将老伯接到城里，去大医院治疗。几日后，老伯又回来了，还是什么也看不清，看不见。

邻人关切地问："儿子既然把你接到城里，咋没给你做手术呢？"

老伯幽幽地说："老都老了，何苦挨那一刀？"

邻人同情地说："话可不能这么说，眼睛看不见，老受罪了。再说，白内障又不是什么不治之症，有病还是要早治啊，拖不得的。"

被问急了，老伯丢下一句狠话，"等它瞎了，就好了。"邻人啧啧嘴，定是城里的儿子不孝顺，舍不得花钱给老伯做手术。哎，养子不孝，苦啊。

老伯的眼睛，真的瞎了，什么也看不见了。

城里的儿子闻讯，又赶回来了。乡邻摇头叹息，戳着儿子的脊梁骨，真是养了一条白眼狼啊！儿子也不解释，连忙将老伯再次接到了城里。

若干日之后，老伯回来了，双目炯炯，看到乡邻，远远地就认出了，"老陈""老李"，热络地打着招呼。乡邻惊讶不已，不是瞎了吗，怎么又看得见了？

老伯笑着说："不是早跟你们说了嘛，等它瞎了，就好了。大城市的医术就是高明，医生说了，这白内障啊，就得等它完全长成熟了，才是开刀做手术的最佳时机。跟咱种庄稼是一个道理，瓜熟蒂落呢。"

原来老伯早就胸中有数了啊，也错怪了人家儿子呢。热闹的村头，老伯和他的老伙伴们的笑谈声，传出很远很远。

角度

去过意大利比萨城的人,大多会和著名的比萨斜塔合个影,有意思的是他们摆的各种姿势。

我见过很多张与比萨斜塔合影的照片,最经典的一个姿势是:用一根手指轻轻点着斜塔。感觉倾斜的比萨斜塔就是靠这根手指撑住的,不然,它就倒了。

要拍出这样的效果,就需要拍摄者精确地找准角度,使被拍摄者的手指尖,与比萨斜塔不偏不倚,恰好处于同一层面。远了,没够着,就看不出支撑的效果了;近了,指尖"戳"进了斜塔里,也不行。

为了找准这个角度,拍摄者与被拍摄者需要不断调整位置。在比萨斜塔前的广场上,你不时能听到这样的指令:靠近一点,再靠近一点点,或者是往后挪一点,再挪一点点。

除了用指尖"点"住比萨斜塔的,也有用一只手掌"撑"住比萨斜塔的,还有用肩膀"扛"住比萨斜塔的,甚至还有人单腿跪地,用双手上下齐发力,做出拼命支撑的样子。当然,也有人反其道而行之,从比萨的另一面入手,仿佛是他的手指轻轻一点,把比萨斜塔给"点"斜了。

无论是"撑"住斜塔，还是将塔"推"斜，其要领都是，拍摄者要找到一个精准的角度，使被拍摄者与比萨斜塔必须保持在一个水平面上。这样拍出来的照片，看起来才像那么回事。

我见过的一张最有趣的照片，是比萨斜塔前的草坪上，一群游客在摆各种姿势，有的单指指向天空，有的临空亮出一只手掌，有的双手往一侧做出推挡状……照片的一侧，是比萨斜塔，兀自斜着，冷冷地看着这一切。我知道，他们各自的前面，其实都有一个拍摄者，在拍摄他们与比萨斜塔的合影，从他们的角度拍过去，使他们各自看起来像是在用手"支撑"或"推倒"斜塔，可是，从我眼前这张照片的角度看过去，他们的手指、手掌、肩膀，甚至他们整个身体，都与比萨斜塔相距甚远，与斜塔毫无关联。他们摆出来的各种姿势，因而显得相当搞怪，甚而可笑。

仅仅换了个角度，你看到的就完全不同。

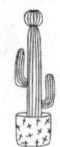

刺激之物

肠胃不适，医嘱，勿食刺激之物。

这好办，酒，本来就喝得不多，不喝了；爱吃辣椒，虽还不至于无辣不欢，但妻子日常做菜，都喜欢放几粒干辣椒，看来，辛辣的东西，暂时是不能吃了；唯一难办的是香烟，抽了几十年，说戒就戒，还真做不到，但为了老胃，也只能克制住自己，和它暂别几天。

不料，肠胃还是不舒服，再就医，医问："忌口了吗？"

我郑重地告诉医生，"这几天，没抽烟、没喝酒、没吃辣椒，一切刺激之物，边都没沾。"

医生看看我，问：喝茶了吗？

我点点头，"喝了。"每天上班，第一件事，就是给自己泡一杯浓茶。美好的一天，就是从这杯浓郁的茶香开始的。

医生说："不能喝！"语气坚决。

我问医生："你只告诉我不能吃刺激之物啊，怎么连茶叶都不能喝？"

医生不容置疑地答:"茶叶也是刺激之物。"

茶叶竟也是刺激之物?真意外,好吧,那就连茶也不喝了吧。

医生再次看看我,说:"看来你对什么叫刺激之物,不甚了解啊,那我就跟你讲详细一点吧。除了烟、酒、茶、辣椒之外,刺激之物还包括:太热的食物,比如火锅,哪怕是清淡的锅底;太冷的食物,包括一切冷饮,以及凉水;太甜的食物,比如巧克力,还有所有的糖果;太酸的食物,比如水果里的柠檬,还比如酸奶;太苦的食物,比如咖啡,还比如苦瓜;太咸的食物,包括所有腌制的食品……"医生还在如数家珍地说着,我已经傻眼了。照这样看来,酸甜苦辣咸,几乎人生所有的滋味,都是刺激之物啊。

医生说:"所谓忌口,就是只能吃清淡、温热的食物,太苦太甜,不行;太冷太热,也不行。很多人和你一样,以为只有烟酒才是辛辣刺激之物,其实,酸甜苦辣咸,都是刺激之物,也可以说,所有的"味",都是刺激之物,除了无味。所以,管住自己的嘴巴,并不是一件容易的事情啊。"

我问:"那人生岂不是无滋无味了吗?"

医生笑了,说:"真正地忌口,几乎没有人能做到,也没这个必要。没有味道的食物,我们咽不下,没有滋味的人生,也定然了无趣味。但是,我们也许可以做到,无论是在我们的身体感到不适,还是健康无恙的时候,都不贪重口味,不图一时之快,不逞匹夫之勇,不靠刺激来激发我们对食物以及人生的欲望。口既有忌,人生又怎能无忌?"

信哉,医者之言。

一只狗的生活半径

一楼的院子里，忽然养了一只小狗。

小狗是拴着的。绳子的一头，估计是固定在了阳台某处，另一头，系在它的脖子上。它往东跑，快到院子的栅栏时，脖子被勒住了。它又掉头往西跑，还没到栅栏，又被勒住了。它犹豫了一下，往南跑，这一回很幸运，跑到了栅栏边，才被勒住。它这样来来回回跑了好几趟，发现最多都只能跑到栅栏边，而无法从栅栏的缝隙钻出去，它便不再跑了，趴在地上喘气。

它开始在院子里溜达。这里嗅嗅，那里闻闻，不时抬起一条后腿，撒几滴尿，做个记号。一只蝴蝶飞进院子里，落在一棵草上，它好奇地走过去，蝴蝶看见了它，振翅飞起，它前爪腾空，扑了过去，蝴蝶盘旋而去。它紧追不舍，可是，它的脖子突然被紧紧地勒住了，绳子将它狠狠地拽了回来，它毫无防备地打了一个趔趄。它从地上爬起来，扭头看了看已经飞到了栅栏外的蝴蝶，狠狠又无奈地吠叫了一两声。蝴蝶并不害怕，绕着院子的栅栏，挑逗似的，飞进飞出。小狗上蹿下跳，却一点也奈何不了空中的蝴蝶，想必它终于明白了自己的无用功，干脆匍匐了下来，只是偶尔瞥一眼蝴蝶。

我好奇地站在二楼的阳台上，看着这一幕。它不知道我在俯视它，那只蝴蝶也不知道。但我看出，那只蝴蝶，也许是另一只蝴蝶，不久之后，就成了它的朋友。

因为蝴蝶再飞进院子里的时候，它不再扑它，也不冲它吠叫了。也许它寂寞难耐，需要一只蝴蝶什么的，飞进院子里来。

当然，除了蝴蝶，肯定还有别的。有人从院子外经过，它会警惕地竖起耳朵，吠叫两声。倘若这个人也是带着一只小狗的，它就会激动地蹿到栅栏边，像看到亲人似的，拼命摇着尾巴，以引起另一只小狗的注意。另一只小狗显然也闻到了它的气息，穿过草丛，来到了栅栏边。两只小狗隔着栅栏，你看着我，我看着你，它们能这样对视一两分钟。它努力想靠近栅栏一点，希望和那只幸运地出来溜达的小狗，打个招呼，亲昵一下，可是，拴在它脖子上的绳子，紧绷绷地拽着它，使它的努力白费。也许是另一只狗发现了它脖子上的绳子，知道它无法挣脱出来，也许是它的主人在唤它了，它走了，留下院子里的它，眼巴巴地看着它的背影。

偶尔，我看见它的身边，会多出一根骨头，那一定是主人丢给它的。它能抱着这根骨头，啃一个下午。不知道是它的牙还不够厉害，还是因为舍不得，那根骨头总也啃不完，我都替它着急，在这个漫长得仿佛没有边际的星期天的下午。

更多的时候，它就安静地卧在院子中央，拴它的绳子，软绵绵地耷拉在它的身边，这是它和绳子都松弛的一刻。这样的时刻，懒洋洋的，挺温馨的样子。我猜想绳子一定也厌倦了被它拖来拽去，它们已经共同在院子里画出了一个半圆形的印迹，那是它的生活半径，也是绳子的生活半径。

有时候，它不在院子里。它也许是盘在墙根打盹儿，也许是被它的主人牵出去溜达了。我看不见的这一刻，也是它一天中最开心的时刻吧。就像我每年都会抽空出去旅游一趟，一样开心。

我挺同情它的，这只可怜的小家伙，只有以拴它的绳子为半径的生活圈，它太封闭、太狭隘、太单调、太孤独了，我站在阳台上，又看了它几眼，然后去上班。原谅我不能多陪你一会儿，因为我必须得去上班了，我不能迟到，也不能早退。我上班的地方很远，虽然朝九晚五，日复一日，但却是像你这样的一条小狗，一辈子可能也去不了的地方。

我以为我的世界大得很呢。

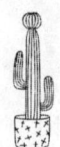

时光这把刀

有人在朋友圈发了两张照片，一张是现在的，一张是10年前的，感慨时光飞逝，岁月催人老。

我和他从未见过面，便好奇地点开两张照片，想看看他到底长什么样，也领略一下时光这把刀，到底是怎么"杀人"的。两张都是生活照，样子看起来都还蛮精神的，但我眼拙，竟然没能区别出，哪张是现在的，哪张是10年前的。

几十分钟后，他又发了个朋友圈，解释说："刚刚发的两张照片，前面一张是10年前的，后面一张才是现在的，很多人却错将10年前的照片当成了现在的。"他又有点郁闷地说，"难道我10年前就有这么老吗？"

看样子，不独我一个，他的朋友圈里，还有不少人跟我一样，没能分辨出哪张是10年前的，哪张是今天的。

紧接着，他又晒出了三张照片：一张是现在的，一张是10年前的，一张是20年前的。并附言说："时隔20年，你们总能看出时光的厉害了，不会弄错顺序了吧？"又俏皮地加了一句，"你们看看，20年前的我，多么年轻，多么帅气。"

我也再次好奇地点开了三张照片，新贴出的那张照片，显然是20年前的。与前面两张照片比较了一下，好像那时候稍瘦一点，头发略长一点，此外，看起来与另外两张，也并无多大区别呀。

这一次，他是真崩溃了，"竟然还是有很多人没看出顺序，甚至还有人错把20年前的照片当成了现在的我，难道我就没年轻过吗？"看得出，他很沮丧。本来是要晒晒以前自己多么年轻，多么英俊，结果，别人竟然错把现在的照片当成了年轻时的自己。

不过，很快就有人安慰他，"从另一个角度来看，都过去这么多年了，你还像10年前，甚至是20年前一样，年轻、英俊、帅气，这不恰恰说明了，你一直保持着年轻的状态吗？这是多好的一种状态啊。"

这其实就是个心态问题，悲观者认为：如果20年前我就长成了今天这副模样，难道我就从来没有年轻过吗？而在乐观者看来，20年前我是这样，20年后我还是这样，说明我一直年轻啊。

真正年轻的不是脸蛋，不是身材，不是肤色，而是心态。

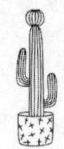

我只是喜欢我有的东西

我有个女同事,每年都会做同样一件事,给自己买一个包。

在我们的眼中,这简直就是一个癖好。她已经有多少包了呢?据她自己说,至少有20多个了。从她工作那年开始,她就每年给自己买一个包,作为一年的"犒赏"。

未必是名包,但一定是她自己看中的。或品牌、或款式、或质地、或色彩、或用途,总之,她一定是相中了这款包的某一点,然后,无论贵贱,收入囊中。

她是个有钱的贵妇人?不是,她只是和我们一样的工薪层,家庭妇女。她是个特别舍得花钱的人?也不是,她很少买也很少用化妆品,她甚至一年都难得给自己买一两件新衣裳。但是,她一定得给自己买一个包,一个她看中了的包。

她喜欢包,她只是喜欢包,仅此而已。

很多人不能理解她的行为,她笑笑,不解释,顶多说一句,"我喜欢。"

是的,喜欢。这就够了。

我看到过一个故事。有个欧洲的国王,闷闷不乐,医生检查后,诊断他并没有任何健康问题，唯独心理有不适，只有穿上一个快乐的人的衬衫才能痊愈。于是，国王派人去找，找遍全城都找不到快乐的人，他最后找到了谁？一个唱歌的乞丐！

乞丐穷得一无所有，但他仍开心地唱着歌，问及他高兴的原因时，他答道："我只是喜欢我有的东西，不喜欢我没有的东西，所以我喜欢我所有的东西，那就足够高兴了！"

我只是喜欢我有的东西。这个乞丐，他有什么呢？他没有财富，没有官职，没有家产，没有珠宝，看起来他有一副喜欢唱歌的嗓子，他会唱歌，他喜欢唱歌，而唱歌让他开心，他于是就高兴了，开心了，快乐了。

忽然有点理解我这位女同事了。和我们很多普通人一样，她拥有的东西，并不多，没有美貌，没有官阶地位，没有高收入，甚至没有其他什么兴趣爱好，她只是喜欢包，一个包能给她带来整整一年的快乐。那么，她一年给自己买一个包，有什么不好理解的吗？哪怕那个包没有什么实际的用途，只要它能带来快乐，就足够了。

你的事情不是我的

他是一个典型的"凤凰男":靠自己的努力跳出农门,有一份体面的、收入也不错的工作,在城里安了家,贷款买了房子,妻子是他的大学同学,前几年他们又添了可爱的宝宝……小日子过得有滋有味。照理,他应该满足和快乐,幸福和甜美,事实上却不是这样,他常常愁眉苦脸,心事重重,仿佛一直背负着一个沉重的包袱,在艰难前行。

那么,是什么让他陷入如此困顿?

是贷款的压力吗?不是,他和妻子的收入,足以承担那笔贷款;是妻子或妻子的家庭对他不满?不是,他们的感情稳固而和谐,岳父母对他也是欣赏、钟爱有加;是孩子有什么毛病?也不是,他们的孩子健康,活泼,可爱。

让他郁郁寡欢的,是他的原生家庭。在乡下老家,他有一个弟弟,一个妹妹。让人不省心的,是这个弟弟,快三十岁了,还没有成家,问题是既身无一技,还好吃懒做,以致对象找不着,连日子也难以为继。他或明或暗地给这个弟弟很多贴补,帮他在城里找过工作,弟弟干了几天,嫌活苦钱少,不干了;弟弟想在老家开店,他说服妻子,将他们积攒下来准备买车的钱,挪给了弟弟,店开了不到半年,关门了,不是因为生意不好,而是弟弟忽然觉得一个大男人守着个小店铺,枯燥而没出息。妻子觉得他对这个弟弟，也算是仁至义尽了，但他年迈的父母，却希望他能继续尽一个哥哥的责任：你就这么一个弟弟，手足之情，你不能放手不管，他的事，就是你当哥哥的事。没办法，他的脑海里，总是盘旋着弟弟不争气的身影，他一次次试图帮他，恨不得亲自上阵，可是，一次次在弟弟自己的不配合、不努力之下，以失败告终。

他有自己的家庭，有自己的工作，有自己各种各样琐碎的事情，还得记挂着怎么帮弟弟擦屁股，对付他的那些永远也搞不定的事情，于是，他烦恼、矛盾、痛苦，又无可奈何。

他的困顿，也是很多人的困顿。很多时候，我们忘了，你的事情，就是你的事情，不是我的。作为亲人或朋友，我可以尽己所能帮助你，但它绝不是我的义务，也不是我的责任，更不应该成为我的背负。

一个人，把自己的事情，推给别人，让别人去承担，背负责任，无论你推给的那个人是谁，都是一种极其自私的行为；而一个人把别人的事情，错当成了自己的事情，甚至弄成自己的精神负担，无论那个别人是你的什么人，都是一种极其愚蠢的行为。

你的事情，我能帮你的，我伸出援手，那是情谊，但你的事情，追根究底需要靠你自己的智慧和付出，去解决。任何时候，你都不能把你的事情，像个烫山芋一样，甩给我。

你的事情，我帮不上忙，抑或我连自己的事情都应付不过来，因而没有去帮你，这也绝不说明我欠了你什么。你有你的麻烦，我亦有我的难处，需要我们各自去解决，这无关情谊，也无关道德。

永远不要把自己的事情，推给别人，当别人肯伸手帮你一把的时候，你才会懂得感恩；永远不要把别人的事情，都不分青红皂白地揽到自己的身上，则你的身心就是自由的，在你有能力帮他一把的时候，你才会感受到轻松和愉悦。

我的事情不是你的，你的事情亦不是我的。做好自己的事情，也就是做好我们自己。而每个人都做好自己，则人生向好。

与孩子对视

坐在我前面的,是一对年轻夫妻,带着一个很小的孩子。

孩子爬到座椅上,好奇地向后张望。他的目光,与我的目光,撞在了一起——我朝他笑笑,他也笑了。

我冲他眨眨眼睛,他也学着我的样,挤了挤眼睛。

我夸张地吐了吐舌头,挤眉弄眼。他先是有点惊愕,但很快明白我是逗他玩的,咧开小嘴,乐了……这是我心情不错的时候,如果碰上我心情糟糕时,情形可能完全不同。

他好奇地看着我,我毫无表情地瞥了他一眼,他也无趣地把目光移开了。

他好奇地看着我,我冷冷地看着他,他有点慌张地移开了视线。

他好奇地看着我,我板着脸,瞪了他一眼,他"哇"的一声,哭了……

孩子的反应之所以不同,是因为他从你这儿得到了不同的信息。你是友善的,他就愿意继续与你用眼神交流,你若是不友善不耐烦的,他也就避之唯恐不及。孩子的瞳仁就像一面镜子,它映照的,其实是你自己的影子,是你自己对自己的反馈。

小区里有个邻居，家里新添了宝宝，宝宝几个月大的时候，经常抱到楼下玩。邻居们看到了，喜欢得不得了，都争相抱抱他。

胖大婶抱他，他很开心。张大姐抱他，他很开心。老李也想抱抱他，有人说："老李，你就算了吧，你长相那么凶，别吓着了人家孩子。"

老李张开双手，拍拍，对宝宝说："乖，让大伯抱抱。"

所有的人都以为，小宝宝会一扭脖子，吓得将头埋进奶奶的怀里。但是没有！小宝宝顺从地让老李抱了过去。

小宝宝一定是从老李的眼神里，看到了他的温柔。

假如人生可以一次享尽

人的一辈子,做的很多事情,都是单调重复的,诸如吃喝拉撒睡,周而复始,没完没了,毫无新意。有段时间,尤其嫌吃饭很乏味,很耗时,每日还要吃三餐,真是麻烦之至。于是忽生奇想,要是能把一辈子吃的饭,一次性吃完,从此之后,再也不用愁吃饭,再也不为一日三餐所累,专心致志去做自己想做的事情,中间没有间隔,不被打断,那该多轻松,多美?

上帝笑着说:"可以啊,我满足你。"

"真是太好了。那就从最令人头疼的吃饭开始吧。"

上帝说:"设若你每餐平均耗时30分钟,一天之中,用于吃饭的时间,就是1.5小时,以寿长80岁计,则你一辈子用于吃饭的时间是总计43800小时。"

真是不算不知道,一算吓一跳,单单填饱个肚子,我们一辈子就要花费43800小时,折算成天数的话,就是1825天,多么触目惊心啊。

上帝笑着说:"扣除你已经吃过的这些年的饭,你还需要吃大约16425小时,你可以一次性将这些饭都吃完了,吃完之后,你就再也不用吃饭了,永远不会饿,也不会因为不再吃饭而营养不良什么的。"

多说无益，开吃。各种菜，各种汤，各种酒水饮料，没想到，我一辈子消耗了这么多。一碗，接着一碗；一杯，接着一杯。一个小时过去了，一天过去了，一周过去了，一个月过去了，我连续不停地吃啊，吃啊。可是，要一次性将一辈子吃的饭都吃完，真是没完没了。

我终于吃不下去了，难道我要这样不停歇地吃684天，差不多2年，而什么其他事也不做吗？那我这2年岂不是白活了，连头猪都不如吗？

我对上帝说："算了，这样连续吃2年的饭，真是无趣至极。换一样吧，比如睡觉？"

每天都要睡觉，也是一件让人麻烦的事情。如果把这个问题一次性解决了，我再也不困，再也不需要睡眠，时刻精神抖擞，人生肯定轻松很多。

上帝点点头，"也可以，不过，在你倒头睡下去之前，我还是得给你算笔账。你一辈子用在睡觉上的时间，以每天八小时计，累计起来是233600小时。如果你想一次性睡完的话，扣除你已经睡过的觉，从此刻算起，大约仍需要13年。也就是说，你现在就睡着的话，得13年后的今天，才能醒来。当然，从你醒来之后，你就再也不用为睡觉这件事心烦了，因为你这辈子的觉，都睡完了。"

乖乖，幸亏我还没有睡着，这一睡，就得睡13年，要到2032年我才能醒来？太恐怖了。我还是别一次性睡完了，像个僵尸一样。我还是找找别的耗时不多又烦心的事情吧，比如如厕。

上帝乐了，"也可以，我就不跟你详细算账了，你现在开始坐在马桶上，一刻不能离开，一直蹲38天，你这辈子剩下来的时间，就再也不用如厕了，怎么样？"

我彻底崩溃了。

我对上帝说："算了，我还是老老实实，每天该吃的时候吃，该睡的时候睡，该打拼的时候打拼，该享乐的时候享乐，不得不痛苦的时候，就安之若素地痛苦吧。"

上帝笑着说:"这就对了,吃喝拉撒,喜怒哀乐,这就是我们人生的常态,你无法逃脱,也无法跳跃,更不可能一次享尽,那就安享人生每一个时段,安享每一个看似烦琐又重复的过程吧。"

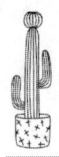

路口一幕

路口，遇红灯。

忽然瞥见，斑马线边上，谁掉落了一个纸盒子，从纸盒里，滚落出几个啤酒瓶，其中有一个或者两个摔碎了。阳光下，玻璃碎片晃眼。

这太危险了，车轮轧过去的话，必然爆胎；行人不小心一脚踩上去的话，很可能鲜血淋漓。

红灯还有四十多秒，正犹疑要不要下车，去将那些啤酒瓶和碎片拾走，忽见一老人踩着三轮车，在纸盒子边停了下来。他的三轮车上，装满了类似的纸盒子，看样子，路上的纸盒子和啤酒瓶，是从他的三轮车上掉下来的，估计他发现掉了一个纸盒子，又折了回来吧。

老人弯腰蹲下来，将纸盒子扶正，又将里面的啤酒瓶一个个码好，然后，又将滚落在一边的啤酒瓶，一个个捡起来，放回纸盒子里。他直起身，看了一眼地上破碎的啤酒瓶。

这个老人，也许是开小店的，是要把空啤酒瓶集中送到哪儿去；也许是拾破烂的，这些啤酒瓶是他收购或者拣来的。

红灯还有十几秒，老人捧起盛着啤酒瓶的纸盒子，放回三轮车上。

我的心一紧，他要走了吗？地上还有一堆危险的玻璃碎片呢！

老人从三轮车上，拿了另一个小纸盒子，回来了。他再次蹲下来，将地上的玻璃碎片，一块块捡起来，小心翼翼地放进小纸盒子里。

绿灯亮了，我缓缓起步，开车从老人身边驶过。

我忍不住瞥了一眼后视镜，看见老人还蹲在那儿，用手在地面上，摸索着。

阳光亮晃晃的。

赚了?

三个朋友一起去欧洲旅游,自由行,行程快结束的时候,一算账,每人已花了将近2万元。

甲心疼地说:"这差不多是我小半年的工资了,就这么玩完了。"

乙也语带不舍地说:"没想到花费这么多。哎,儿子年初想换一个手机,4000多块钱,我都没舍得给他买。"语气里透着自责。

他们当中,丙的条件最好,丙说:"来都来了,玩都玩了,还说这些后悔话有什么用呢?再说,花钱长见识,也是值得的。"稍顿,丙接着说,"其实,我们还可以把旅游的花费再轻轻松松挣回来。"

一听可以将钱挣回来,甲和乙都睁大了眼睛,急问怎么挣?

丙说:"很简单。你们知道,欧洲的奢侈品与国内的差价有多大吗?一只价格三四万元的瑞士手表,在国内能卖到六七万元,差价好几万元。很多人就是为了买一块手表,专程从国内飞来的。如果我们每个人买一块手表,或者别的什么奢侈品,这个差价,不就将我们的旅行费用,补回来了吗?"

223

三个人一合计，也有道理啊。

于是，自由行的最后两天，成了购物时间。在购物天堂巴黎，他们跑遍了老佛爷、春天百货及香榭丽舍大街上的各个奢侈品专卖店。

最后，丙花了4万多元，买了一只瑞士产的名表；甲给妻子买了一大堆诸如兰蔻、迪奥、香奈儿的日霜、晚霜和香水什么的，花了近2万元；乙则一咬牙，花8000元给自己买了一套意大利西服，又花1万多元给妻子买了一只时尚的LV女包。

回国第二天，三个人即相约，赶紧去逛逛市内最豪华的某商城，比照一下他们从巴黎买回来的奢侈品的价格。这是一家顶级商场，因为自忖消费不起，此前，他们都没怎么逛过。

丙很快就找到了自己买的同款手表，标价果然比他买的价格，贵出近2万元。丙得意地笑了，"我说的没错吧，我的旅行费用算是结结实实赚回来了。"乙跑遍了商场，也没找到自己买的西服品牌，所以，价格没法比较，但给妻子买的同款LV女包找到了，单一个包，价格就确实贵了4000多元，心里也平衡了不少；甲买的东西多而杂，逐一比照后，算出来的总账是，比国内的便宜了差不多8000元。

他们都觉得，自己赚了……

为国王打的七把伞

一位国王出访，适逢大雨，随从赶紧为国王打伞，一共7个随从为国王撑了7把伞。结果是，国王缩着脑袋，浑身被淋得湿漉漉的。

7把伞，都挡不住一场雨，可见这场雨蛮大。当然，这不是主要原因，淋湿国王的，不是从天上掉下来的雨水，而是从7把伞上，层层递进、滑落、汇聚下来的水。也就是说，7把伞不是让雨变小了，而是让雨变大了，雨滴汇成了雨珠。

为什么这么说呢？我们来看看那7个随从，都是怎么为国王打伞的。紧挨国王身边的那个随从，他所撑的伞几乎全为国王打的，其实这把伞已基本上为国王遮挡住了雨水，但是，国王身边还围着另外6个人，他们也努力地为国王打伞，并且，为了能挡住雨水，一把伞比一把伞高，于是，就形成了这样一个局面：撑得最高的那把伞上的雨水，沿着伞骨滑到了第二把伞上，第二把伞上的雨水加上从第一把伞上滑下来的雨水，又一起落到了第三把伞上……另外六把伞上的雨水，最终全部汇聚后落在了第一把伞上，在国王的身边，便形成了一道壮观的雨帘。国王避无可避，被淋得透湿。

这样一件趣事，想想还是蛮有嚼头的——

伞是挡雨的，但不是多多益善，真正挡雨的，其实就是一把伞，头上的伞多了，如果方法不当，排列失序，不但挡不住雨水，反而会让你淋得更透彻。

打伞这个活儿，一定是自己打最有效，因为雨是从哪个方向来的，身上哪个部位淋雨了，自己最清楚，可以适时地调整雨伞的方向和高度。

大伞一定比小伞更能挡雨，当然，这也意味着你要用更大的力气来撑起这把伞。

如果你坚信众人拾柴火焰高这个道理也适用于雨天打伞，那么，一定要用正确的方法，避免雨水层层滑落汇聚，否则，不但没起到遮雨的目的，反而使伞下的人淋更多的雨水。

雨伞是遮风挡雨的，一把伞如果没能挡住雨，未必就是伞的问题，很可能是其他方面出了问题。

伞有保护作用，所以，很多人会千方百计寻求保护伞，以使自己安全，但是，不是有了保护伞你就安全了，也不是所有的保护伞都能真正起到保护作用，尤其是你以为自己有很多把保护伞的时候，那也许正是你最不安全的时刻。这一条，与雨无关。

忙人帮忙，闲人帮闲

"脸书"创业之初，人少事多，一次，创始人扎克伯格手头有一项急事，需要找个人帮忙。他来到办公室，环顾一圈后，径直走到了一个案前堆满了材料，正埋头紧张忙碌的员工面前，对他说："放下你手头的活，先帮我完成这件工作。"在那名员工的帮助下，扎克伯格完满地完成了任务。

为什么会挑选这名员工帮忙？事后，扎克伯格是这样解释的："如果你想尽快做完某件事，就应该让一个忙碌的人来帮忙。因为忙碌的人拥有紧凑的时间安排和很高的工作效率，非常适合完成紧急的工作。"

一项工作，交给不同的人去做，或许都能完成，但效率和结果可能大相径庭。一个忙碌惯了的人，往往能很快地进入角色，合理安排有限的时间，忙而不乱，有条不紊，张弛有度，在规定的时间内完成规定的任务。而一个闲适惯了的人，热身慢，起步慢，节奏慢，虽然最终也能完成任务，但你很难指望他闻风而动，动如矫兔，快速完成。

帮忙的事，要找忙人，忙人才能真帮忙，不添乱。

帮闲则要找闲人，你想找个人喝茶聊天，打牌游戏，逛街溜达，找一个忙人就不适合，他坐不住、没耐心、无闲暇、心不在焉、志不在此，如何能够陪你尽兴？这时候，一个无所事事，又有谈资闲趣的人，就是最佳人选。

历史上著名的帮闲高手当属高俅。他算得上一个职业帮闲，又善蹴鞠，踢得一脚好球，被端王赵佶看中，专门陪着玩蹴鞠。后来又被同样喜好蹴鞠的宋徽宗相中，他便又去陪宋徽宗玩蹴鞠。帮闲，那是高俅的拿手活，把两位大王哄得无比开心。这是帮闲帮在了点子上，帮到了极致。

本来高俅就是一个帮闲的，如果就这么帮下去，闲下去，倒也算人尽其才，物尽其用，没什么不好。没想到，因为帮闲帮得好，宋徽宗心甚欢喜，龙颜大悦，将国家大事也大胆托付给了高俅，封了个太尉，从帮闲一下子转为帮忙，干政治国。让一个市井帮闲来帮忙国政，其后果可想而知。

人有三教九流，有忙人，也就有闲人。对用人者来说，让忙人帮忙，让闲人帮闲，找对了人，就是人尽其才，各得其所；而对一个人自身来说，无论你是个忙人，还是个闲人，你都要找准自己的定位，才能有属于你的立锥和用武之地。

心态

饭桌上,有人讲了一个段子,说现在开车的人有三种心态:比我开得快的,作死!比我开得慢的,会开吗?和我一样快的,较劲是吧?

都是有车人,大家会心一笑。

有人接茬说,其实不独开车,职场也一样,也是这么三种心态:比我升职快的,真装;比我进步慢的,真傻;和我一样原步踏的,真差劲。

又有人照葫芦画瓢——

官场也是这三种心态:比我官大的,拍马屁拍的;比我官小的,不会来事;和我一样职位的,大家一起混呗。

生意场也是这三种心态:比我生意做得大的,哼,他的钱有几个是干净的?比我生意做得小的,他那个驴踢的脑袋会做什么生意,总是丢西瓜捡芝麻;和我一样半死不活的,看谁耗得过谁。

那么情场呢?也还是这三种心态:比我情场得意的,把你嘚瑟的,风流债迟早要还的;比我情场失意的,木头人,一点情趣也没有;和我一样寡淡无味的,瞧你那死样。

为什么都是这三种心态？原因很简单，心不正。自己的眼睛不正，心态不平，看别人就都是歪的。

心态放平，说来很难，但其实也可以很简单：想想别人眼中的自己。不想在别人眼中是歪的吗？那就先把别人看正。

不作恶

最近,因为一起影响颇大的热门事件,某外国公司的"不作恶"非正式口号,被人广泛提起。

本来,无论是一家企业,还是一个人,不作恶,都是一个最基本的准则,但因为还有很多企业和个人,都做不到,它才无奈地成为一个信条。

私以为,不作恶,至少有三层意思。

一是不做恶人。这个恶人,不是持反对意见的那个人,那个"恶",很多时候,恰是善。这里的不作恶,就是不要做一个坏人。坏与好是对立的,人都有向善的本性,但如果不加限制,不加惩戒,人的恶性也会时不时冒出来。不作恶,就是要求你纵使做不了一个好人,至少不能做一个坏人。

二是不做恶事。好人与好事,坏人与坏事,似乎都是孪生兄弟,总是捆绑在一起。其实未必,好人可能因一念之差,失足做了坏事;坏人也可能忽然慈悲心大发,做了那么一两件好事。我们不能因为一个人做了一两件好事或坏事,就判定一个人是好人或坏人。不作恶,就是要求你最好永远也不要做坏事、恶事。

第三点，也是最难做到的一点，那就是不做恶念。没有恶意，不生邪心和左右人行为的思想，就坏不到哪里去。心思单纯了，看世界的目光就会是温柔的、善良的、友好的。一个人，一辈子都没有产生过什么不好的念头，没动过什么不善的心思，这不大可能，但一旦有了不好的念头，有了非分之想，就把它掐灭在萌芽状态，自扼于摇篮之中，总还是可以做到的。不作恶的最高境界，就是不生害人之心，不谋不善之事，不牟不义之财。

不作恶，算不得多么高尚的信条，但若人人都能做到这一点，则也是社会大幸。

人生莫过3万元

人的一生有多长？以80岁计，只有29200天，不到3万天。

3万天又是什么概念呢？

我的邻居，每天准时提篮买菜的张婶说："打个比方吧，假如1天折算成1元钱的话，3万天也就是3万元。你再想想，3万元能干什么？"

张婶说："一把青菜要3元，一扎蒜苗要10元，一斤猪肉要14元，半斤白虾要30元，就这么半篮子菜，57元花掉了，也就是3万元的1/500没了。3万元，你别看那么厚厚三叠，其实真的一点也不经花，不知不觉就用光了，花没了。"

我一直觉得"万"是个很大的数字，成千上万，极言其多矣。一个人，一生能活差不多3万天，我感觉还是挺漫长的，一点也不用慌张。为什么张婶把"天"折合成"元"来计算，忽然就觉得少得可怜，一点也不耐用了呢？

我看出了端倪，张婶的3万元，是整把整把来花的，比如最便宜的青菜，都一下子花了3元钱，而我们的人生不是这么过的，我们是一天一天过的。3万天，或者3万元，如果1天花1元的话，还是很长很长的。

张婶乐了,"你真以为我们的日子是一天一天掰着手指头过,而不是一大把一大把过的?你每天朝九晚五,从周一忙到周五,看起来是一天一天熬过来的,但这5天你熬得有什么区别?5元是什么,也就是不到2把青菜。你正在玩的游戏,已过了几十关,每关花费2元的话,上百元就没了。一眨眼,你已经40岁出头了吧?3万元,你已经花光一半多,所剩不多了。"

我听得冷汗直冒,人生莫过3万元,真的很不经花,我们其实一点也不富裕。张婶的话糙,理不糙。

当然,我更喜欢楼下李大伯的比喻,他说:"人生这3万天吧,也就是说,你有3万个早晨,3万次日出,每天都是不一样的。你想想,一生能看这么多次太阳升起,还有什么不满足的。"

张婶反驳说:"如果下雨呢,如果雾霾呢?"

李大伯说:"我们的一生,不可能只是晴天,只有快乐,有时候会下雨,有时候还有雾霾,但更多的早晨,太阳是冉冉升起的。你只有早起,眺望天边,你才能看到蓬勃日出,开启人生的又一天。"

我已经很久没有看见日出了。明天,明天我将早起,我要看到我的太阳,从东方冉冉升起。那将是我人生中,灿烂的一天。

谁的一"辈"子

开完会,刚回到办公室,手机"丁零"一声,打开一看,原来是单位同事群里,有人发了一个失物招领启事。启事只有5个字:谁的一"辈"子?

谁的一"辈"子?有点蒙,一时没反应过来。

手机又是"丁零"一声,还是同事群,又发了一张图片:会议室的大圆桌上,孤零零的一只茶杯。

恍然大悟,原来是有人将一只杯子,落在了会议室。

就是这样一条简简单单的失物招领启事,一下子,将同事群点炸了锅。有为热心同事点赞的,也有为这条颇有创意的招领启事点赞的,更多的是由"一杯子"和"一辈子"而引发的感慨——

眼睛一睁一闭,一天就过去了;

月头领工资,月尾发奖金,一个月就过去了;

花开了,花谢了,一年就过去了;

谈了一场恋爱，约会，分手或结婚，青春就过去了。

每天朝九晚五，来到单位，泡上满满一杯茶水，袅袅茶香，氤氲水汽，杯子忽空忽满，如职场忽高忽低，如人生忽丰忽缺，一天就过去了，一个月就过去了，一年就过去了，一辈子就过去了。

年轻时，总以为一辈子很漫长，可是，当我在一个单位连续工作了30多年后，才恍然明白，一辈子，很长也很短，短到很可能你从入职那天就使用的茶杯，还在继续使用，而你，转眼就到了退休的那一天。

丢失了一只杯子，还能找回来，或换一只新的杯子，如果丢失的是一辈子，或日复一日年复一年迷迷糊糊、简简单单重复了一辈子，你的这辈子，就真的算是白活了，绝没有下一个一辈子等着你。

想到此，我端着茶杯的手，不禁微微颤抖了一下。我的这"辈"子，从未迷失，从未丢弃，一直牢牢地握在自己的手中吗？

好自己

岁末年初,一位很要好的朋友,在朋友圈发文说:"这么多年来,自己总是力图做个好女儿,好妻子,好妈妈,又是一年了,希望自己也是个好自己。"

好自己?

交往多年,以我对她的了解,她绝对是一个好朋友,这也是朋友圈里,大家的共识。她为人热情、乐观、大方,只要朋友们需要,她总是会第一时间,出现在大家的面前,陪伴你,安慰你,鼓励你,帮助你。

我们还是同事,这让我可以从另一个角度,加深对她的了解。作为同事,她能力强,肯干事,能干事,更难得的是,她不埋怨、不拖拉、不计较、不使坏,在领导眼里,她是好下属;在下属面前,她是好领头羊;在小字辈面前,她是好师傅;在"老革命"面前,她是好学生。

以我所亲眼看到的,亲耳听到的,亲身感受到的,她是这样一个人——

在家里,她是贤惠的好主妇,一家人的吃喝拉撒,饮食起居,都是她在忙碌。她是丈夫的好妻子,好贤内助,从不拖丈夫事业的后腿;她是儿子的好妈妈,是儿子的港湾，也是儿子最坚强的后盾；她是好女儿，也是好媳妇；她是好嫂子，也是好阿姨。

在外面，她是温柔善良的好女人，对人温暖、开朗、规矩、友善。她是好同学，也是好同事；她是好邻居，也是好顾客；她是好伙伴，也是好路人。

她是个完人吗？当然不是。与我们一样，她一定也有很多不足和缺憾，但是，瑕不掩瑜，或者是因为，她总是将最好的一面展示给别人。她努力做好自己的每一个家庭或社会角色，恪尽自己的职责，克服自己的缺点，控制自己的情绪。我们看到的，其实，只是她呈现给我们的一部分，不是全部。

希望自己是个好自己，对，这才是她的另一部分，不为外人所见的那部分，一个人最重要的那部分。一个在别人眼里完美、幸福、圆满的人，他自己内心的感受，往往被掩盖，别人看不到，很多时候，甚至连自己也看不到。

什么是好自己？

我想，好自己大约有这样两层意思。首先，它是指好的自己。好的自己，要有好的身体、好的胃口、好的体能、好的状态，亦要有好的心理、好的心态、好的素养、好的预期和未来。好的自己，是别人眼中的好，这是自己的社会价值，但更要自己觉得自己好，这是一个人内在的追求和满足感。好的自己，说到底，就是做好自己，做好自己的每一个角色，使自己美好一点，更美好一点。

好自己的另一层含义，是对自己好。谁会愿意对自己不好吗？没有，但很多人还真的不懂怎样才是对自己好。无条件地满足自己的物欲和私欲，就是对自己好吗？是，也不是。不择手段实现自己的期望和愿望，就是对自己好吗？是，也不是。因为，欲望是无法填满的，心愿也无法总是顺遂的。所以，对自己好，不应是增量，而应该是减量，学会给自己减持、减量、减压。对自己多一点宽松，少一点求全责备，不做苦行僧；多一点宽忍，少一点吹毛求疵，不做怨男怨女。你给别人的那些美好，也给自己留一点吧。其实，对自己好，也才能有资格、有能力对别人好。

努力做好自己，也不忘对自己好，我觉得，这就是好自己。

每个人都是好自己，则家庭和睦，社会和谐。重要的是，你是好自己了，你才不枉此生，亦不负与你同行的人。